新 潮 文 庫

クローズドサスペンスヘブン

五 条 紀 夫 著

︵ こ

新 潮 社 版

11745

CONTENTS

一、閉ざされた天国 ―― 7
二、ティップス ―― 32
三、虜囚たち ―― 41
四、現象 ―― 74
五、長閑な時間 ―― 111
六、指先は示す ―― 141
七、姿なき者 ―― 170
八、天使たちの収穫 ―― 192
九、望み ―― 213
十、終わる海に ―― 251

クローズド
サスペンス
ヘブン

CLOSED SUSPENSE HEAVEN

一、閉ざされた天国

背後に何者かが立った。

姿見で身だしなみを整えていると、鏡面に人影が映ったのだった。闇《やみ》が濃く、その表情は窺《うかが》えない。しかし見覚えのある顔だということは分かる。

こいつは誰だったか。考えを巡らせるが、答えが導き出されるよりも先に意識は一つの輝きに吸い寄せられてしまった。燭台《しょくだい》型のウォールライトから放たれる光を、鈍色《にびいろ》の刃《やいば》が反射していたのだ。

輝きは首筋にあてがわれた。ひんやりとした感触が伝わってくる。瞬間、真一文字の白い軌跡が描かれて刃が皮膚を撫《な》でた。喉元《のどもと》に出来上がった傷がいまにも笑いだしそうなほど口を大きく開き、真っ赤な涎《よだれ》を垂らす。助けを呼ぼうと腹に力を込めても、気道を切断されたらしく、喉元が泡立つばかりで声は出ない。

頭の内側が冷えていく。目に映る景色が歪《ゆが》んでいく。夜の海に沈むような感覚を味わいながら、最期《さいご》、強く思った。

――自分は、間違いなく、殺された。

＋　＋　＋

指の隙間《すきま》を砂が寄せては返す。波の音が聞こえる。潮が満ちて次第に頬が濡《ぬ》らされていく。水の冷たさに意識が覚醒《かくせい》し、自身が波打ち際《ぎわ》でうつ伏せていることに気が付いた。すぐさま立ち上がって辺りを見渡す。陽は低い。夜が明けたばかりのようだ。

「どこだ、ここ……」

きめ細やかな白砂による海岸が遠くまで延びていた。陸側に向かって弧を描いているので、おそらく半島、あるいは孤島だろう。海に視線を向けても他の陸地は見えない。ただ水面がギラギラと陽の光を跳ね返している。

波が揺れる。光も揺れる。ギラギラと視界が霞《かす》む。まるで夢の中にいるみたいだ。そんなことを思いながら喉元を押さえると、そこに傷がなかった。

「あれ？　嘘《うそ》だろ……」

確かに首を斬《き》られたはずだ。目を閉じれば生々しい感触が蘇《よみがえ》る。

しばし記憶をまさぐっていると、首に鋭い痛みが走った。指先が赤く濡れる。わずかに出血したようだ。やはり首は斬られていた。それが塞《ふさ》がったと考えるのが妥当だろう。

しかし、なぜ。

容易に回復するような傷ではなかった。少なくとも一晩で塞がるとは考えにくい。そうなると、何日間も意識を失っていたということだろうか。それともう一つ奇妙なことがある。海辺で倒れていたにもかかわらず服はほとんど濡れていないのだ。つまり、潮に流されてここに辿《たど》り着いたのではなく、何者かに運ばれてきた可能性が高い。

誰に何をされたのか、まったく分からない。そもそも、

「……俺は、誰だ？」

記憶がなくなっていた。殺された、という印象のみが頭の中に残っていて、それ以外の情報、例えば名前、例えば職業などが、完全に失われていた。

慌《あわ》てて頭から顔を撫で、胸に触れ、それからパンツのポケットを確認する。しかし身元を明らかにするものは何一つ身に着けていない。衣服は、無地の白シャツとグレーのスラックス、素足に革靴と、いたってシンプルで、素性を推測することさえままならない。せめてコック帽でも被《かぶ》っていてくれれば職業くらいは判明したのだろうが、あいにくそんな都合の良いことがあるはずもなかった。いまの時点で分かることは、この身体《からだ》は口髭《くちひげ》と顎髭《あごひげ》を生やした男、ということだけだ。

これ以上、海辺で立ち尽くしていても埒《らち》が明かない。そう考え、ひとまず人を探すことにした。見れば、すぐそこに道がある。海岸に接した林の一部がアーチ状にひらけて

いたのだった。幅は車両が一台通れるほど。地面には砂利が敷き詰められている。明らかに人為的に作られたものだ。さっそく、その道の先へと向けて歩き始める。

しばらく行くと、エンジンの音が聞こえてきた。鬱蒼《うっそう》と茂る針葉樹林の向こうから頼りない響きが伝わってきたのだ。察するに原付バイクの音だろう。これで近くに人がいるということは確定だ。そのささやかな希望は足を強く前へ押し進めてくれた。

そうして案の定、ほどなくして一つの屋敷に辿り着いた。

「これは……」

頭の奥がチリチリと痛む。違和感、いや、既視感を覚える。この景色を知っている。とても重要な記号が、ここには秘められている、気がする。

黒い屋根。淡黄色の外壁。その木造二階建ての洋館は、広大なイングリッシュガーデンの中央に建っていた。古めかしい佇《たたず》まいではあるが、庭は手入れをされているし、玄関先は清掃が行き届いているので、未《いま》だ現役で使われている建物だろう。ひょっとすると観光地などによくある資料館かも知れないが、誰かしらいるものと思われる。

屋敷の玄関には呼び鈴、インターフォンではなくまさしく鈴が、ぶら下がっていた。そこから伸びる細い鎖を引くと、カランカランと小気味よい音が鳴った。その直後、慌ただしい足音が聞こえ、両開きの扉の一方が内側に向けて開いた。

「やあ、いらっしゃい。お待ちしてましたよ」

扉の隙間から現れたのは、小太りな中年男性だった。黒いTシャツにウエストポーチという、洋館には似つかわしくない出《い》で立《た》ちだ。しかしそんな服装のことより、最も気になったのは、発言の内容だった。

「お待ちしてましたって、え？　どういうことですか？」

「まあまあまあ、細かいことは置いといて、まずは上がってよ」

記憶を失う以前の知り合いだろうか。首を斬った犯人とも考えられる。そんなことを思って身を強張《こわば》らせていると、中年男性は人懐《なつ》っこい笑顔を見せた。

「まあ、警戒するのも無理ないよね。記憶がないんでしょ？」

「ど、どうして、そのことを？」

「それが色々あるんだよ。とりあえず中で話さない？」

中年男性は親指で屋内を示した。

怪しい。怪しいが過ぎる。しかし彼が何かしらの事情を把握しているのは間違いないだろう。記憶を呼び戻す手掛かりがまったくない状況だ。事の進展を望むのであれば提案に応じるしかなさそうだ。

そういう結論に至ったことを察したのか、中年男性は再び笑顔を作り、屋敷の奥へと歩き始めた。慌てて、用心しながら、後を追う。

屋敷は本格的な西洋建築のようで、玄関の扉をくぐると、そこに三和土《たたき》はなく、土足で上がれるボルドー色の絨毯《じゅうたん》が敷いてあった。最奥《さいおう》には再び両開きの扉があり、それを抜けると、吹き抜けになっている階段ホールが眼前に広がった。

まさに絢爛《けんらん》。オフホワイトの壁は布張りになっていて細かな刺繍《ししゅう》が施されている。柱や腰壁は、年季の入ったマホガニー材だろうか、天窓からの光を受けて赤金色に輝いている。派手な装飾はないものの高級な内装であることは明白だ。おそらく、この屋敷の持ち主は、相当な資産家に違いない。

呆然《ぼうぜん》とホール内を見回していると、突然、前を行く中年男性が大きな声を発した。

「みなさーん、最後の登場人物が到着しましたよー」

その言葉に反応したのだろう、方々から扉の開く音が聞こえてきた。

やがて、数人の男女がホールに姿を現した。

正面の扉からメイド服姿の女性、向かって左手の廊下からコック服の男性、右手にあるサーキュラー階段を下りてくるワンピースドレスの女性、二階の手摺《てす》りにもたれるドレッドヘアの男性。ホールまで案内してくれた中年男性を含めれば、見知らぬ人間が五人。彼ら、および彼女らは、品定めでもするかのように好奇の眼差しを向けてきた。

状況がまるで飲み込めない。登場人物とはどういう意味だ。ただただ困惑する。

すると、メイド服姿の女性が一歩前に進み出て、深々と頭を下げた。

「ようこそいらっしゃいませ。お待ちしておりました」

まただ。つい先程聞いたばかりの台詞《せりふ》と同じだ。

「あ、その、こちらの男性にもお尋ねしたんですけど、お待ちしてたって、どういうことですか？　すみません、心当たりがなくて……」

「記憶がないのですよね？」

「いや、だからさ、このやり取りもさっきしたんですよ」

「私たちにも記憶がないのです」

「はあ？」

　事情を把握するどころか、ますます困惑することとなった。

もっと問い詰めたい。しかし彼女は話しかけ辛い雰囲気をしていた。見た目は二十代半ば、着ている服と小柄な体型のせいもあって、まるで人形のような風貌《ふうぼう》だ。その表情も人形のように無機質で、何を考えているのかまったく読み取れなかった。

　それに比べればウエストポーチの中年男性のほうが遥《はる》かに取っ付きやすい。そんなことを考え、傍らに立ったままの男性に声をかけることにした。

「あなたも、記憶がないんですか？」

「うん、まあ、そうだね」

　随分と軽いノリの返事だ。

「なんで？　いい加減、詳細を教えてくださいよ」

「メイドさんに聞いたほうが良いと思うよ。僕も彼女に色々と教えて貰《もら》ったから」

　そう言われてしまったのでは指示に従わざるを得ない。

　メイド服姿の女性のほうへ向き直り、慎重に問いかける。

「あの、順を追って詳しいことを教えてくれませんか？」

　女性は腹の前で両手を重ね、勿体《もったい》ぶるように、ゆっくりと口を開いた。

「ここは、天国です」

　その言葉をよく噛《か》み砕いて、飲み込む。

　それから再び中年男性のほうを向く。

「ダメだ。話にならないよ」

「まだ話の導入部分だから少しは我慢してよ」

　そう諭され、渋々、改めて女性のほうへ向き直る。

「あの、真剣に聞いてるんです。天国って、何を言ってるんですか？」

「首を斬られませんでしたか？」

　鈍く輝く刃が脳裏を過《よぎ》る。

「……斬られました。なぜそれを、あなたが知ってるんだ」

「この場にいる六人は、全員、喉の切断によって死亡しているのです。そして、そのことだけは、どなたも明確に覚えています」

「死亡？　冗談じゃない。じゃあ、ここは死後の世界だとでも？」

「広義においてはその通りです。ですから先程、天国とお伝えさせていただきました」

顔が引きつり、思わず乾いた笑い声を漏らしてしまう。

——自分は、間違いなく、殺された。

記憶を失っているだけだったならば、こんな話は歯牙《しが》にもかけない戯言《ざれごと》として捨て置いたことだろう。ところが、未だ首に残る生々しい感触が、それを頑《かたく》なに否定した。

「天国ってことは外を歩けばフワフワの雲の上にでも出られるんですかね」

「いいえ。ここは小さな無人島です。屋敷の外には松林と砂浜しかございません」

女性は至って落ち着いていた。その素振りが妙に神経を逆なでる。

「こんな天国、見たことがないよ。いや、どんな天国も見たことないんだけどさ。俺たちは永遠にこの屋敷にいなければいけないのかよ……」

早口にそう言うと、女性はこちらを覗《のぞ》き込むように小さく首を傾《かし》げた。

「お聞きしたいのですが、いわゆる天国とは、どのような場所だとお思いですか？」

「え？　だから、フワフワの綿菓子みたいな雲の上でさ、白いローブを着た髭オヤジや輪っかを乗せた天使たちがキャッキャしている、そういう所じゃないの？」

唐突な質問に投げやりに答える。女性は得心したように頷《うなず》いた。

「西洋的な宗教観をお持ちなのですね」

「宗教観って、別に信じてるわけじゃないですよ」

「承知しております。あくまでそういうイメージをお持ちなのだと確認したまでです。私も似たような風景を思い浮かべます。ですが、日本におきましては、蓮池《はすいけ》や仏様を連想する方も多いのではないでしょうか。その場合は極楽と呼ばれますが」

「仏教徒ならそうかも知れないですね」

「他にも、神道のようなアニミズムには、死後も霊体として現世に留まるという思想があります。このように文化によって天国の風景は異なるのです」

「で、それがどうしたんですか？」

急《せ》かすように語気を強めた。いつまでもこんな講釈を聞きたくはない。

「つまり、天国とは人が創《つく》りたる世界です。集団の共通認識や願望が投影されたもの、それが天国なのです」

ようやく話のオチが見えてきた。

「要するにさ、あなたはこの場所が、俺たちの、いや、俺たちの残留思念と言ったほうが良いかな、それらの共通認識および望みによって創られた世界だと言いたいんですね」

「ご理解が早くて助かります」

「しかし、そんな成り立ちについて仮説を立てたところで、俺たちがここから出られない状況に変わりはないじゃないですか。結局は、無意味な妄想に過ぎない」

そう言い切ると、女性は微《かす》かに眉根《まゆね》を寄せた。

「そんなことはないと考えております。正体の分からない、何者かに、殺された人々は何を望むでしょうか？」

彼女は、何者か、という言葉を強く発音していた。その意図を汲《く》んで問いに答える。

「誰が犯人なのか真相を知りたがるでしょうね」

「ええ、そうでしょう。この世界は、私たちの、真相を知りたいという望みが具現化したものと思われます。亡《な》くなった瞬間のことのみを強く覚えているというのが何よりの証左です。あなたからすれば、これもまた無意味な妄想かも知れませんが」

「そんな嫌味を言う程度には感情があるんですね。少し安心しましたよ」

嫌味に対し嫌味を返すと、女性は視線を逸《そ》らして含み笑いをした。それから彼女は、仕切り直すように、大きく息を吸った。

「望みが叶《かな》えば未練は消えます。なぜ私たちは死んだのか、真相を明らかにすれば、この世界から解放されることでしょう」

「その後は？」

「さあ……分かりません……」

二人の間に静寂が漂った。辺りにいる人たちも引き続き黙ったままだ。

「……一から十まで荒唐無稽《こうとうむけい》な話だ」

誰に言うでもなく、呆《あき》れ気味に呟《つぶや》いた。すると女性がこちらをじっと見据えた。

「私の話を、お信じになれませんか？」

「信じ……」

そこまで言って唾《つば》を飲む。そして、短い逡巡《しゅんじゅん》の後に続く言葉を口にする。

「……られる。どういうわけか信じられます」

常識的に考えればあり得ない話だ。しかし、封印された記憶が無意識の領域にでも働きかけているのだろうか、不思議なことに女性の話は真実にしか思えなかった。

女性は、ほんのわずかに表情を緩め、ゆっくりと首を縦に振った。

「そうおっしゃってくださると思っていました。というより、私から説明をせずとも、いずれはどなたも同様の結論に至ったことと思います。望みを叶える、それこそが、ここにいる者の唯一《ゆいいつ》の存在理由なのですから」

「少なくとも、あなたは自力でこの結論に達した」

「はい。その通りでございます」

「他の皆さんには、あなたから説明をして納得して貰った」

「はい。察しが良いのですね」

「ふーん……」

唸《うな》り声をあげながら他の四人の顔を見回す。誰一人として会話に割り込んでこなかったが、興味がないというわけではなさそうだ。その目は明らかに観察者のそれだ。警戒、あるいは、何かを探っているに違いない。

一通り見回してから、改めてメイド服姿の女性に視線を定める。

「では、そろそろ教えて貰えませんかね。すでに、ある程度は、真相の推理が済んでるんでしょ？　そうでなければ、六人目の、最後の人物の存在を予見できるわけがない。どうして俺のことを待ってたんですか」

そう尋ねると、女性は黙り込んだ。他の人たちも互いに視線を送り合っている。そんな牽制《けんせい》の雰囲気を払拭《ふっしょく》したのは、一つの声だった。

「新聞だよ」

ウエストポーチの中年男性の発言だ。

「新聞？」

「そう、新聞。新聞に書いてあったんだ」

「なにそれ？」

「洋館で六人の人物が死んだってことを示唆《しさ》する文章、って感じかな」

「あ、ごめんなさい。そういう内容のことではなくてさ、無人島に新聞があるってこと自体に疑問を抱いたんだけど」

「ああ、それは、ほら、あれだよ……」

上手《うま》い説明の言葉が浮かばなかったのか、中年男性は言い淀《よど》んだ。

そのタイミングで、メイド服姿の女性が再び語りだした。

「共通認識です。ここには、共通認識によって、私たちの死亡した場所が忠実に再現されています。そのため、無人島にもかかわらず、あらゆるインフラが生きているのです。電気、ガス、水道はもちろんのこと、食料や新聞も届きます」

「届きますって、誰かが持ってくるんですか？」

「いいえ。朝になると、食料に関しては冷蔵庫に毎日同じものが補充されています。新聞については、外の郵便受けに投函《とうかん》されるのです」

話の続きを中年男性が引き取る。

「そうそうそう、そういうことなんだよ。早朝に届くんだ。今朝はね、僕が郵便受けまで新聞を取りに行ったんだ。そうしたら、そのすぐ後にあなたがやって来たもんだから、慌てて玄関まで引き返したんだよ。ちなみに新聞はこれね」

その手には、細長く折り畳まれた薄いザラ紙が握られていた。

「で、その新聞には、どんなことが？」

「洋館で六人の人物が死んだってことを示唆する文章、って感じかな」

「それはさっき聞きましたよ。もっと具体的なことを教えてよ」

「具体的ねえ。まだ今日の新聞は読んでないから昨日までの内容だけど……あるお金持ちの家、たぶんこの屋敷ね、そこで参加者六人のパーティーが開かれた。そしてパーティーの翌日、屋敷から、首を斬られた遺体が次々と見つかった。こんな感じかな」

「それは、洋館で六人の人物が死んだってことを示唆する文章だね」

「だから言っただろ」

　そんなやり取りをしていると、頭上から声が降ってきた。

「その説明じゃ言葉が足りねえな」

　二階の手摺りにもたれるドレッドヘアの男性。彼が発言したのだった。

　軽く会釈《えしやく》をしてから、その発言の真意について尋ねる。

「どういう意味ですか？」

「遺体が発見された場所には凶器と思われる刃物が落ちていた。その上、屋敷の扉にはすべて鍵《かぎ》がかかっていたんだとさ」

　その言葉を聞いて、なぜ彼らが探るような視線を投げてくるのか合点がいった。

「なるほど。現場は密室だった。要するに、この中に犯人がいるとお考えなんですね。単なる殺人ではなく、無理心中を図った犯人が」

「そういうことだな」

「しかも、俺のことを疑っている」

「そりゃそうだろ。昨日の時点で俺たちは、五人には斬られた記憶があるってことを確認し合ってるんだ。そうとなれば、残る一人を怪しむもんだろ」

「はあ、その気持ちは理解できなくもないです」

「それでどうなの。殺《や》ったの？」

ガラの悪い聞き方だ。ガラの悪さは口調だけではなく、その見た目もだった。髪型は言わずもがな、服装は金のネックレスに紫芋みたいな色の開襟《かいきん》シャツだ。しかもおそらく三十代半ば。若者ならいざ知らず、その年代でこのファッションともなれば、堅気の人間とは考えにくい。少なくともいわゆる会社員ではないだろう。

「期待に沿えなくて申し訳ないんですけど、俺にも斬られた記憶しかないですね。斬った覚えはまったくない」

「どうだかな。よく喋《しゃべ》る奴は嘘が上手そうだ」

「この状況で嘘をつくメリットは何もないですよ」

そう答えると、階段付近にいたワンピースドレスの女性が歩み寄ってきた。

「当てが外れたんじゃないかしら。やっぱり外部の人の犯行も疑うべきだと思うわ」

周りの人たちに対する言葉だ。どこまで口裏合わせがされているのか知らないが、ガラの悪い男性が口火を切ったことで、自由な発言が解禁されたとでも踏んだのだろう。

そんな彼女の発言に、ガラの悪い男性が噛みつく。

「内部犯説のほうが濃厚じゃねえか」

「そうだとしても、この人は犯人ではないわ。私は確信しているの」

理由は分からないが、擁護して貰った。そのことに対して礼を述べる。

「ありがとう。人殺しにされないで済んだよ」

「気にしないで良いのよ。思ったことを言っただけだから」

彼女は優雅に片手を振った。その顔は、遠目では気付かなかったが、だいぶ若かった。おそらく十代後半だろう。着ているドレスも若々しく、モカピンクのフレアワンピースに白のレースボレロという組み合わせだ。

「ところで、なんで俺が犯人ではないと確信してるの？」

「イケメンだからよ」

「え？」

「いい男は、人を殺したりなんかしないわ」

彼女の見た目は若い。見た目は若いが、その口調と発言は大人びていた。というよりむしろ、どことなく古臭かった。

「外見と殺人に関連があるかどうかはともかく、俺ってイケメンなの？　ごめん、自分の顔も年齢さえも覚えていないから、肯定することも謙遜《けんそん》することもできないよ」

「鏡を見てみなさいよ。年齢はそうねえ、三十歳くらいかしら。惚《ほ》れ惚《ぼ》れするほど素敵なお顔よ。まるで俳優さんみたい」

「あ、そうなんだ、分かった、後で鏡を見てみるよ……」

これで四人と言葉を交わした。残るは一人、隅で直立しているあの人だけだ。見た限りでは向こうから話しかけてくる気配はない。

そこで、気になることを聞くために、こちらから話しかけようとした。その時、ウエストポーチの中年男性が、一つ大きく手を叩《たた》いた。

「さーて、六人目の人物が現れても結局は犯人が分かりませんでした。なので、ひとまずは仲良くしましょうよ。まずは彼に自己紹介でもしません？」

他の四人は、急な展開に戸惑ったのだろう、曖昧《あいまい》な表情を浮かべるだけだった。

その様子を認めた中年男性は、こちらを向き、なぜかガッツポーズを見せつけてきた。

「僕に任せておいて」

「え？　何を？」

そう尋ねてはみたが、彼は返事をせずにメイド服姿の女性を手で示した。

「まずは彼女ね。彼女はメイドさん」

どうやら一人ずつ紹介をしてくれるみたいだ。しかし、

「メイドさんって、見れば分かるよ。どこからどう見てもメイドの格好でしょ」

「違うよ。職業のことを言ってるんじゃなくて、呼び名の話をしてるんだよ。僕たちは

自分の名前も忘れちゃったでしょ？　だから、あだ名で呼び合ってるんだ。それで、彼女のあだ名は、メイドさん」

「そのまんまだね」

紹介を受けたメイドは、うやうやしく一礼をし、挨拶《あいさつ》の言葉を口にした。

「メイドです。私も皆様と同じように記憶がありませんが、生前はここで働いていたらしく、屋敷の間取りや施設の使い方を理解しております。もしも分からないことがありましたら、なんなりとお申しつけください。宜《よろ》しくお願いいたします」

「こちらこそ、宜しくお願いします」

挨拶を見届けた中年男性は、今度は、若い女性を示した。

「次は彼女。あだ名は、オジョウさん」

「お嬢さん？　それ、あだ名って言えるの？」

「え？　オジョウがあだ名で、さんは敬称だよ」

オジョウは、首を斜めに傾げて会釈をした。

「仲良くしましょうね。宜しく」

そして、指をヒラヒラとさせた。同じように指をヒラヒラと揺らして応じる。

中年男性が、二階を示す。

「彼は、ヤクザさん」

「ヤ、ヤクザさん？　ヤクザなの？」

そう言うと、ガラの悪い男性ことヤクザが、左手を開いて前に突き出した。

「小指がねえんだ。自分でもヤクザかどうかは分からねえ。どちらにしろ、酷《ひで》えあだ名だよな。こんなあだ名、現世だったら怪我《けが》で指を落とした奴から非難を受けるぞ」

「確かに、偏見を助長するかも知れないですね……」

彼のことをどう呼べば良いのか悩む。ヤクザと呼べば怒られてしまいそうだ。

その悩みを汲み取ったのか、中年男性が笑顔で話に割り込んできた。

「ヤクザさんはね、あんなこと言ってるけど、あだ名を受け入れてるんだよ。彼は滅多なことでは怒らないんだ。実は心優しい人で、昨日なんて庭の花に話しかけてたよ」

するとホール内に怒声が響き渡った。

「余計なこと言ってんじゃねえよ！」

不安げに中年男性に尋ねる。

「滅多に怒らないんじゃないの？」

「平気平気」

中年男性は小動物のようにトコトコと歩き、隅に立つ人物のもとへと向かった。

「この人は、コックさん」

コックと呼ばれた男性は黙ったまま深々と頭を下げた。彼の服装は、そのあだ名が示す通り、白いコック服と背の高いコック帽だ。歳《とし》はおそらく三十前後。凜《りん》とした立ち姿からは生真面目《きまじめ》そうな雰囲気が漂っている。

　そんな彼に、さっそく切り出すことにする。

「あの、コックさん、聞きたいことがあるんですけど」

　コックは、不思議そうに目を見開いた。

「はい、なんでしょうか」

「そのコック服は、この世界に辿り着いた時には着ていたんですか？」

「そうですね。海辺で気が付いた時には着ていました」

「都合の良いこともあるんですね」

「つ、都合ですか？」

　当然ながら発言の意図は伝わらなかった。そこで注釈を加える。

「そう、都合が良いんです。そんなコック帽を被っていれば、記憶を失《な》くしていても自分の職業と特技が分かるじゃないですか。料理人ですよね？」

　そう最後に尋ねると、奇妙な間が生じた。不安になって辺りに視線を這《は》わす。どういうわけか、全員、口元を引き締めて苦々しい顔をしている。

「え？　なんで？　みんなどうしたの？」

　呟いた時、コックが語りだした。

「おっしゃる通り私は料理人だと思います。このコック服に誇りを持っているのです」

その表情は、清々《すがすが》しい笑顔だ。

「頼もしいですね。ちなみに、料理人ってことは、メイドさんと同じように生前はこの屋敷で働いていたんですかね。どう思います？」

「さあ、分かりません……」

「そうかあ、じゃあ、パーティーの際に一時的に呼ばれた職人さんかも知れないのか」

口に出して自問をし、得られた情報を整理する。

とりあえず、コックとの顔合わせはこの程度で良いだろう。そう考えて、先を促すように中年男性に視線を向ける。中年男性は、再び大きく手を叩いた。

「さーてさてさて、紹介は以上かな」

「待って待って、あなたは？」

「そうだ、僕の自己紹介がまだだったね。忘れてたよ……」

彼は相当な、天然、のようだ。

「僕のあだ名はポーチ。いつもウエストポーチを着けてるからポーチね。歳はたぶん四十を過ぎてるから、この中では一番の年長者かな。でも、あなたを除いた五人の中では一番の新参者で、昨日の朝、屋敷に到着したばかりなんだ。まだここには不慣れで頼りないと思うけど、宜しくね」

「来たばかりなの？　一番この場所に馴染《なじ》んでる気がするよ」

「そんなことないよ。緊張の連続だよ」

　ポーチは緊張感のない顔でそう言った。そして、また手を叩いた。

「さーてさてさて、次はあなたのあだ名を決めないとね。何か希望ある？」

「希望って言われても……」

　こういう展開になることは予想ができていた。とはいえ、何も思いつかない。他の人の例からすると、外見をそのままあだ名にしている。それに倣《なら》うべきだとは思うが、いまの自身の姿に目立った特徴などあるとは思えなかった。

　しばし考え込んでいると、ポーチが助け舟を出してくれた。

「見たままの特徴が良いよね」

「うん、そうだろうね」

「じゃあ、スアシニカワグツでどう？」

「え？　なんでそうなるの？」

「素足に革靴を履くなんて珍しいよ。特徴的だと思うよ」

「だとしても、あだ名に助詞が入ってるなんておかしいでしょ」

「それなら、スアシカワグツ？」

「そういう問題でもないんだよね」

この人は当てにならない。他の人の提案を待つ。

「イケメンが良いんじゃないかしら」

そう言ったのはオジョウだった。

「イケメンかあ。そう呼ばれるのは恥ずかしいな」

「でも、本当にイケメンよ」

「まだ自分の顔を知らないからなんとも言えないよ」

そう切り返すと、ヤクザが口を挟んできた。

「そういうことなら、ヒゲが良いんじゃねえか？　髭を生やしてる自覚はあるんだろ？」

「ええ、まあ……」

「他に髭面《ひげづら》はいねえし、丁度良いだろ」

「うーん……」

髭の生えた顎を撫でながら唸り声をあげる。

するとポーチが、カメラのアングルを定めるように指で四角い枠を作り、そこから、こちらを見つめてきた。

「ヒゲさんだと名前っぽくないし、ヒゲオなんてどう？　似合ってると思うよ」

「ヒゲオ？　なんか頭悪そうじゃない？」

その発言を受けて、メイドが、かしこまった調子で口を開く。

「ならば、ヒゲオ様で宜しいですね」

「え？　それで決まりなの？」

咄嗟《とっさ》にそう訴えてはみたものの、誰も聞く耳を持たなかった。

ポーチ、ヤクザ、オジョウ、コックが、力強く頷く。

メイドは腹の前で両手を重ね、ゆっくりと前に進み出た。

「それでは改めてご挨拶申し上げます。ヒゲオ様、閉ざされた天国へようこそ」

ヒゲオは、肩をすくめ、容疑者たちに頭を下げた。

二、ティップス

　事件が発覚したのは、令和元年七月二十日、午前のことであった。

　例年通り全国的に三十度を超す真夏日が続いていたものの、この日は、まだ梅雨前線が本州に停滞していた。加えて日本海を北上中の台風五号の影響により、数日前から列島には湿った空気が大量に流れ込んでいた。そのため太平洋沿岸部では、十八日の日中から十九日深夜にかけて、強い雨が降り続いた。事件の舞台となった静岡県Ｘ市もご多分に漏れず、発覚の直前まで現場付近は雨に包まれていたという。

　あくまで一つの可能性ではあるが、この雨さえ降っていなければ、事件はここまで凄《せい》惨《さん》を極めることはなかったかも知れない。なぜなら被害者の大半は屋敷の住人ではなく、招かれた客であったからである。

　犯行が行なわれたとされる十九日深夜に彼らが現地に滞在していたのは、雨をやり過ごすためであったと思われる。現場となった木造二階建ての洋館、通称「天国屋敷」は、前述の通りＸ市にあるのだが、街の中心部から大きく外れた場所に位置している。最寄り駅までは車で三十分はかかる上に、当日は近隣で土砂崩れが発生していたため、被害者たちが不可抗力による軟禁状態にあったということは想像に難くない。

もちろん現時点において被害者全員の身元は明らかになっておらず、断定的なことは言えない。それこそ招かれた客たちが近隣から来ていたのであれば、屋敷を後にすることもできたはずである。ただし、天国屋敷周辺の環境を知っている人にとっては、その可能性は極めて低いということは周知の事実であろう。

天国屋敷は海岸から徒歩十数分の所にある。周辺にも何軒か家屋はあるものの、その大半は別荘あるいは保養所として利用されており、お盆の頃ならばともかく、梅雨明け前のこの時期に人などいるはずもなかった。もし第一発見者の仕出し料理屋店主が屋敷を訪ねていなければ、事件の発覚はずっと後のことになっていたに違いない。

料理屋店主が二十日午前に屋敷を訪ねたのは、食器の引き下げのためであった。屋敷の持ち主である国沢《くにさわ》秋夫《あきお》の息子、国沢春斗《はると》から依頼を受け、前日十九日の昼間に、六人分の料理を納めていたからである。

なお、天国屋敷に暮らしていたのは国沢親子と家政婦の三人。主人の国沢秋夫は二十五年前に離婚をしており、以降は独身であった。そのため長年に亘《わた》って三人での生活をしていたのである。ところが事件当時に秋夫は不在であったと言われている。

料理屋店主が依頼を受けた際のことを振り返る。

「十八日の朝に息子さんから電話を貰《もら》ったんですよ。明日お祝いのパーティーをするから六人分の料理を用意してくれって、内容はお任せで。ただ彼の父親の秋夫さんは糖尿だし好みがうるさいから、念のために低糖質メニューにするか確認を取ったんです。そうしたら、父はいないから出来るだけ豪華にって返事を貰いました」

その料理屋を国沢家は頻繁に利用していた。日頃の食事は家政婦がすべて用意していたそうであるが、複数人の来客がある際には依頼があったという。

しかしこの日の依頼については、主人の不在を差し引いても、奇妙な点があった。

「いつもなら一週間前には予約をして貰っていました。それが一日前でしょ？　しかもこれから天気が崩れるって分かってましたから、他のお客さんだったら断ってましたよ。でも、あの国沢さんだから依頼を承りました」

奇妙な点はそれだけではなかった。普段であれば家の雑務は家政婦が行なっている。息子の春斗から直接依頼の電話がかかってきたのは初めてのことであった。

かといって家政婦も不在であったというわけではない。十九日の午後二時頃、料理を屋敷に納める際に、その姿が目撃されている。ちなみに、屋敷にいたということから、家政婦も事件に巻き込まれた可能性が高いと考えられている。この事件において、巻き込まれた、という言葉がどのような意味を持つのか、それについてここでは触れないでおく。先に述べた通り、被害者の特定は未《いま》だ済んでいないのである。

翌二十日、午前六時に雨は上がった。食器の引き下げは天候がどのようになるか分からなかったため、雨が上がり次第、ということで約束をしていた。とはいえ六時では早過ぎる。そのように考え、料理屋店主は八時を過ぎてから確認の電話を入れた。その際、電話には誰も出なかったという。しかし彼は店を出発した。経験上、玄関先に食器は置かれているであろうと判断したのである。当然ながら、その予想は外れることとなるが。

そして午前九時、店主は天国屋敷に到着した。

天国屋敷。繰り返しになるが、この屋敷は海沿いの別荘地に建っている。同地域には豪邸が複数あるが、その中でも一際《ひときわ》存在感を示しているのが天国屋敷であった。建築は昭和六十二年。バブル期のセカンドハウス流行の際に建てられた物件の一つである。ただし他の邸宅とは異なり、その様式は本格的な英国式が採用されている。主人である国沢秋夫の拘《こだわ》りもあり、設計はイギリス人の建築家が担当。ゴシックとモダンが融合した十九世紀ヴィクトリア期の建物がモチーフとなっている。資料によれば、屋根には薄く削られた天然石が、外壁にはシダーウッドの下見板が使用されており、外観は周囲の緑と調和した軽やかさを保っている。それに対して内装は、マホガニーやウォールナットといった入手困難かつ重厚な建材が使われており、床の赤い絨毯《じゅうたん》と相まって、優雅なものとなっている。戦前ならまだしも現代において、ここまで伝統に沿った建築は滅多にない。月並みな表現ではあるが、贅沢《ぜいたく》の粋を極めた洋館、と言える。

国沢秋夫の建築当時の年齢は三十九歳であった。景気が良かったことを踏まえたとしても、その若さでこれほどの屋敷を所有するのは稀《まれ》である。端的に言えば、彼は成功者なのであった。出身は静岡県Ｘ市。漁業を生業《なりわい》とする父のもとに生まれた。家庭は裕福ではなく、幼い頃から新聞配達の仕事をしていたという。その経験が切っ掛けとなって新聞というメディアに興味を持ったと、本人はかつて語っていた。その後、奨学制度を利用して大学を卒業、大手新聞社の支局に記者として入社。早々に頭角を現して二十五歳で東京本社に異動を果す。本稿の趣旨から著しく逸《そ》れるため詳細は省くが、彼はこの記者時代にいくつものスクープを発表している。個人名が付記されていない記事が大半であったため、国沢という名を知らない人は多いかも知れないが、彼が担当したスクープについては誰もが知っているであろう。そして、それらの実績を携えて二十九歳で独立をし、フリーライターとしての四年間を経て、昭和五十六年、弱冠三十三歳にして地元静岡県Ｘ市に会社を設立する。天国屋敷という呼び名の由来ともなった、「あまくに新聞社」である。

　あまくに新聞社が発行する新聞「あまくにニュース」は、表向きは静岡の一地方紙という扱いではあるが、内容は地域を問わないものである。しかも、癒着や忖度《そんたく》といったしがらみに捉《とら》われない独自の情報網を活《い》かし、衝撃的なスクープを頻発させている。そのような話題性により、あまくにニュースは、わずか数年で発行部数三十万部を超える新聞に成長した。新規参入のメディアとしては異例の数字である。

そういった経緯もあり、国沢秋夫のことを地元の名士と呼ぶ声も少なくない。ひいては天国屋敷を観光名所として扱う雰囲気が醸成され、屋敷を囲む広い庭園は一般に公開されている。そのため天国屋敷の敷地には塀が設けられていない。もちろん当初は設置が予定されていたが、注目されていることを察した秋夫が、より多くの人に観賞して欲しいと考え、現在の姿で落ち着いたそうである。

さて、話を、二十日の午前九時に戻そう。

雨の後ではあったものの、敷き詰められた砂利のお陰か、天国屋敷周辺にぬかるみは少なかった。料理屋店主はいつものように玄関先まで軽自動車で乗りつけ、扉の前に降り立った。ところが目的とする食器は外に置かれていなかった。そこで呼び鈴を鳴らし、依頼主である国沢春斗の名を呼んだのであるが、一向に応答はなかったという。

食器返却の用意もせずに出掛けるとは考えにくい。店主は奇妙に思い、窓から屋内を見られないか確認するため、屋敷の外周を回ることにした。そうして、玄関の左手にある応接室に誰かが横たわっているのを発見したのである。

その応接室には庭と繋《つな》がる両開きのガラス戸があり、そこから中を覗《のぞ》き見ることができる。ただし、発見時は屋外の明るさに比べて室内照明の光が弱く、おぼろげにしか様子は窺《うかが》えなかったそうである。

「赤い服を着た人がソファで仰向けに寝ていたんです。顔は見えなかったですね。とりあえず人がいるってことは分かったので、ガラスの戸を叩《たた》きました。でも、どんなに叩いてもピクリとも反応しないので、まずいな、これは気を失ってるんじゃないかって思いまして。それで救急車を呼ぶことにしたんですよ」

消防指令センターに通報が入ったのは午前九時二十一分。ただちに救急車の出動要請がかかった。しかし前日の土砂崩れの影響によって大幅に遅れが生じ、救急隊員三名が現地に到着したのは十一時近くであった。料理屋店主はその間、暑さから逃れるために車内で待機をしていたそうである。

到着後、救急隊員三名のうち二名が料理屋店主の案内に従って応接室を確認。先の証言通りの様子を見ている。それから屋内への進入方法を探るために屋敷の扉や窓を調べてみたところ、すべて施錠されていることが判明した。結果、破壊用バールで応接室のガラス戸を破って救出が行なわれることとなった。

その時に初めて、天国屋敷で人が死んでいるということが発覚したのである。

「惨《むご》たらしい光景でした……」

そう語るのは救急隊員の一人である。

「ソファの上の被害者は赤い服を着ていませんでした。元は全身白い服だったのでしょうけど、それが喉元《のどもと》から流れ出た血液によって赤く染まっていたのです。容態確認をするまでもなく一目で亡《な》くなっていることは分かりました。なにせ、喉の傷は頸椎《けいつい》にまで達していたのですから。それこそ首が転げ落ちてしまいそうな状態でした。それに比べれば、まだ床の上の犠牲者のほうが傷は浅かったです。そうはいっても負傷個所は首ですし、大量の出血をしていたので、こちらもやはり亡くなっているのは明らかでした」

そう。応接室には二人の遺体があった。いずれも成人男性。一方はソファの上、もう一方はソファの足元に、仰向けに倒れていた。正確な死因については検死結果を待たなければならないが、血液の凝固や筋肉伸縮による傷口の開きが見受けられたため、生きたまま首を斬《き》られた可能性が濃厚である。

「これはもう救急案件ではないですから、すぐ警察に連絡しました。そして出来る限り現場を保存するため、遺体にも触れず、外で待つことにしたんです」

この時、料理屋店主が食器の回収を諦《あきら》めて店に戻っている。二時間も足止めをされた上に殺人事件に関わりたくはないと、救急隊員たちに訴えたのである。救急隊員たちにしても、最終的に遺体を確認した自分たちさえいれば良いと考えていたため、その訴えを受け入れて店主には帰って貰った。後述するが、このささやかな判断が、三人目の犠牲者の発見を遅らせることとなる。

午後零時三十分、警察が到着した。救急車と同様、土砂崩れにより、大幅に遅れての到着であった。到着した警察は速やかに現場検証と救急隊員たちへの聞き取りを開始。

より事件現場の状態が鮮明となっていった。

施錠された屋内に二体の男性遺体。いずれも喉から出血をしているが、それぞれ斬られ方が異なる。そして、床に横たわる遺体の傍には、大きなナイフが落ちていた。

ここで誤解が生じる。救急隊員たちからの事情聴取において料理屋店主の話が詳しく伝えられなかったため、事件は他に誰もいない状況下で起きたものとして処理されたのである。つまり、男性二人の無理心中という線で捜査が始まってしまった。屋敷の広さも手伝って、しばらくの間、応接室のみ念入りに調べるという状況になったのである。

午後三時を過ぎてようやく他の部屋の捜索が始まり、ついに三人目の犠牲者が発見されることとなった。屋敷中央の大階段の下に位置する廊下、その先にある居室から、首を斬られた女性の遺体が見つかったのである。

捜査員の間に緊張が走ったという。古めかしい洋館という舞台。無残な遺体。これは映画ではないということは誰もが理解していたが、誰もが同時に、連続大量殺人事件、その可能性を思い浮かべたのである。

その悪い予感は、見事と言って良いのだろうか、的中することとなった。

引き続き行なわれた捜索によって、二階にある複数の客室から、次々と、首を斬られた遺体が、三体発見されたのである。

毎時新聞　令和元年七月二十日午後八時号

三、虜囚《りょしゅう》たち

バイクの音が聞こえ、目が覚めた。

壁にかけられた振り子時計を見やると、針は六時を示していた。思えば、昨日もこれくらいの時間、すなわちこの世界にやって来た時、バイクの音がした。その姿を目にはしていないが、ひょっとすると六人以外にも誰かいるのだろうか。

そんなことを思い、ヒゲオは、ベッドから起き上がって窓際《まどぎわ》に向かった。

赤いジャガードベルベットのカーテンをめくると、眩《まばゆ》い朝陽が射《さ》し込んできた。どうやらこの窓は東向きのようだ。それに対してバイクの音は南側、玄関のほうから、響いてくる。両開きの窓を開け、そちら側を見下ろす。ところが死角となっているのか、何者の姿も見えない。やがて音は、木々の間に染《し》みこんで、消えた。

直後、今度は扉をノックする音が聞こえてきた。慌《あわ》てて窓を閉め、返事をする。

「……はい、誰ですか？」

すると、声がした。

「おはようございますヒゲオ様、朝食の準備が整っております」

扉の向こうからする声、それはメイドのものだった。

「あ、はい、すぐ行きます」

「かしこまりました」

微《かす》かな足音が遠のいていく。

ヒゲオはベッドに腰をかけてうなだれた。そして、深く溜《た》め息《いき》をついた。

「……なんなんだよ、この状況」

殺人鬼が潜んでいるかも知れない屋敷。真相を探るための世界。そのことについては百歩譲ろう。いや、百万歩ほど譲るとしよう。それでもこのお客様待遇については理解が及ばない。昨日も食事を振る舞われ、風呂《ふろ》を勧められ、個室をあてがわれた。まるで上等なホテルにでもいる気分だ。しかし、メイドとて容疑者の一人だ。

再び溜め息をつく。

「まあ、悩んでも仕方ないけど……」

環境がどうであれ、やることは一つしかないのだから。

気を取り直して立ち上がり、姿見で身だしなみを整える。着ている服は昨日から同じものだ。この世界には一人一着しか服がない。とはいえ、ありがたいことに、この服は汚れることがないらしい。聞いたところによると、一時的に汚れが付着したとしても、いつの間にか元に戻っているそうなのだ。

汚れないのは服だけではない。この身体《からだ》にしてもそうだ。汗をかいたり、用を足したりという生理現象はあるものの、ベタつくことも臭《にお》うこともない。極論を言えば入浴や歯磨きの必要がないのだが、それらの行為については、精神衛生上、生前のルーチンに従っている。ちなみに髭《ひげ》が伸びることもないらしい。ヒゲオなのに。

冷蔵庫は毎日同じものが補充される。ティッシュペーパーや石鹸《せっけん》なども補充される。ゴミ箱は勝手に空になる。割った食器も気付けば元通り。思うに、この世界は変化を拒絶している。すぐには確かめようがないし確かめたくもないが、おそらく、どんなに時が過ぎようとも、歳《とし》をとることさえないだろう。言うなれば永遠の牢獄《ろうごく》だ。

ここから脱するには、犯人を見つけだすしか方法がない。

じっと鏡面を見つめる。そこには燭台《しょくだい》型のウォールライトが映っている。ここは、殺された場所に違いない。部屋まで連れてきてくれたのはメイドだ。ただし彼女は、この部屋が殺害現場と意識した上で案内したわけではないだろう。たまたま空き部屋だった。そんな風だった。ヒゲオにしても違和感を覚えることなく入室した。それが、時間の経過とともに、運命を、もっと正確に言うならば、必然を、感じるようになった。

記憶はない。記憶はないが、天国までの道中に落としてきてしまったわけではないだろう。頭の奥底に眠っている、そう表現したほうが自然だ。そしてその眠る記憶は、共通認識として、この世界の動きに影響を及ぼしている、たぶん。

真相を推理するにしても手掛かりが何もないと思っていたが、こういった必然の偶然によって、どうにかなるかも知れない。それにしても、

「俺って、格好良いな……」

姿見には、惚《ほ》れ惚《ぼ》れするほどの二枚目が映っていた。


屋敷の中央に位置する吹き抜けの階段ホール。そこにはいくつもの扉がある。そのうちの一つ、玄関側から見て正面にある扉。その先が食堂だ。

ヒゲオが入室すると、そこにはポーチとオジョウだけがいた。

「あれ？　他の人は？」

尋ねると、何かを読んでいる最中のポーチが顔を上げた。

「メイドさんとコックさんは隣の厨房《ちゅうぼう》にいるよ。ヤクザさんはまだ来てないよ」

「ふーん……ところで、これって座席決まってるの？」

食堂には純白のクロスが敷かれた楕円形《だえんけい》のダイニングテーブルが置いてある。そのテーブルの奥側には三つ椅子《いす》が並んでいて、中央にオジョウが座っている。こちら側にも椅子が三つあり、中央にポーチが座っている。つまり、四隅の席が空いている状態だった。

「席は決まってないわよ。お好きな所に座ってちょうだい」

そうオジョウに言われて、ヒゲオは彼女の左隣に腰を下ろした。

「じゃあ、ここにしようかな」

「あら、嬉《うれ》しいわね。私の隣を選んでくれるなんて」

オジョウが頬杖《ほおづえ》をついて流し目を送ってくる。

「別に君の隣だから選んだわけじゃないよ。厨房に近い二席はメイドさんとコックさんのために空けておいたほうが良い。入口に近い席はヤクザさんのために空けておいたほうが良い。そうなると、この席が最適だろ」

淀《よど》みなくそう言うと、彼女は冷めた面持ちをした。

「ヒゲオさんってさ、喋《しゃべ》らないほうが良いんじゃないかしら」

「え？　なんで？」

「せっかく顔が良いのに、理屈っぽくて面倒臭そうだわ」

機嫌を損ねてしまったみたいだ。彼女は腕を組み、そっぽを向いてしまった。助言に従って余計なことは言わず、軽く頷《うなず》いてからポーチのほうを向く。

「ポーチさん、いま読んでるのって今日の新聞？」

「うん、そうだよ。もう読み終わったけど。ヒゲオさんも読む？」

「読む読む。ありがと」

差し出されたザラ紙を受け取って、さっそく広げる。新聞といっても、書かれているのは洋館での連続殺人事件のことだけで、大半が余白だ。ただし構成はいわゆる紙面で、小さな文字が段組みで印刷されている。そして、右上には「毎時新聞」という題字。上部欄外には「令和元年七月二十日午後八時号」という日時が記されている。

記事を読んでいると、ポーチが惚《とぼ》けた調子で話しかけてきた。

「ヒゲオさんは、新聞を全部読んだの？」

文字を目で追いながら応対する。

「うん。バックナンバーは全部目を通したよ。十日分くらいしかないしね」

「凄《すご》いね。僕なんてここに来てからの分しか読んでないよ」

「それで十分だよ。最新版を読めば必要な情報は全部書いてあるから」

昨日は顔合わせを終えてから、まず屋敷周辺を散策した。他の人たちが言うように、ここは小さな無人島だった。そうやって証言の裏取りをした後は、ほとんどの時間、部屋にこもって新聞を読んでいた。

毎時新聞。その題字が示す通り、これは一時間ごとに発行されている新聞のようだ。しかしこの世界に届くのは一日に一回、早朝の六時にのみ。内容は連続殺人事件のことなのだが、毎号ほぼ同じことが書かれている。前号と異なるのは、情報が追加されているという点だけだ。最も古い「令和元年七月二十日午前九時号」には、料理屋店主が倒れている人を発見する、ということまでが書いてあった。それに対して本日の最新号には、なんだかんだ六つの遺体が見つかった、ということまでが書かれている。

「……やっぱり時間の流れ方が違うのかな」

そう言いながら新聞をテーブルの上に投げ出すと、ポーチとオジョウが声を揃《そろ》えた。

「どういうこと？」

テーブルに両肘《りょうひじ》をつき、そんな二人に対して気が付いたことを語る。

「新聞の日付はいつまで経《た》っても七月二十日。発行時間を見る限り、筆者はタイムリーに事件を追って、タイムリーに記事を更新している。でも、この天国では、すでに何日も経過している。要するに、現世の一時間は天国の一日に当たるんじゃないかな」

突拍子もない発想ではあるが、この世界ならばあり得る話だ。

二人もそう思ったのか、噛《か》み締めるように何度も頷いた。

「いつか犯人の名前が新聞に載るのかしら……」

独り言のようにオジョウが言った。その発言について見解を述べる。

「その可能性は高いだろうね。でも殺人事件の捜査ってどれくらいで終わる？　早くて数日、遅くて数年、その二十四倍の時間を体感すると考えたら気が遠くなるよ。それに、犯人の名前が明らかになったとしても、俺たちは自分の本名すら覚えてないから、真相を知ったことにはならないんじゃないかな」

オジョウは、ヒゲオは面倒臭い、とでも言いたげな顔をして押し黙った。

気まずさを振り払うように咳払《せきばら》いをして、少しだけ話題を変える。

「それにしてもさ、この文章って、新聞記事というよりルポルタージュだよね」

すると、ポーチが真面目《まじめ》な顔で聞き返してきた。

「新聞記事とルポルタージュって何が違うの？」

「え？　いや、改めてそう聞かれると、よく分からないな……」

軽い世間話のつもりだったのに、困惑することになるとは思わなかった。

そんな状況を救ってくれたのは一つの声だった。

「ルポルタージュはフランス語で現地報告って意味だよ」

発言の主はヤクザだった。食堂にやって来たばかりのヤクザは、ヒゲオの向かいの席に着くと、さらに話を続けた。

「一般的ないわゆる新聞記事は、なんらかの主張を孕《はら》んでいる。多くは権力や社会悪を糾弾するって内容だな。それに対してルポルタージュは、客観性を重視してんだよ。ちなみに新聞にルポルタージュが載ること自体は、それほど珍しくはねえよ」

「なるほど。ヤクザさんって意外と博識なんですね」

「意外とって言葉は余計だ」

その言い方には覇気がない。それを察したポーチが心配げに声をかける。

「ヤクザさん、どこか具合でも悪いの？」

「具合は悪くねえけど、恐ろしい夢を見たんだ」

「どんな？」

「窓の外が土砂降りなんだ。そんな中、俺は真っ暗な部屋で一人だった……」

話の続きを待つ。ところが一向に彼は言葉を発さない。そこでヒゲオは尋ねた。

「それで？」

「いまので終わりだよ」

「恐ろしい要素がなかったんですけど」

「あ？　怖《こえ》えだろ！　土砂降りと！　暗い部屋！」

ヤクザは小心者のようだ。もちろん本人にそんなことは言えない。

彼に対する返答を考えていると、隣の部屋の扉が開いた。

「盛り上がっているところ恐れ入ります。そろそろ食事にいたしましょう」

メイドが配膳《はいぜん》ワゴンを押しながら入ってきた。その背後にはコックもいる。そして、テーブルに皿が並べられていった。周囲から微かな溜め息が聞こえる。

目の前の白い皿には、謎《なぞ》の物体が載っていた。コックが背筋を伸ばして言う。

「本日の朝食は、ベーコンエッグです」

目の前の物体はどう考えてもベーコンエッグには見えない。丸くて黒い、溶けたプラスチックのような何かだ。

昨日の時点で少し予兆はあった。昨日は昼食も夕食もステーキだったのだが、いずれもかなり焦《こ》げていたし、味付けがほとんどされていなかった。ただ品質の良い牛肉だったようで食べられないことはなかった。しかし、今朝の卵はさすがに張り切り過ぎだ。

「あの、コックさん、ちょっと焼き過ぎじゃないですかね」

「申し訳ありません。卵料理は火加減が難しいです」

「そうかあ、難しいか、そうかあ……」

そう呟《つぶや》くと、隣のオジョウも小声で何やらぼやいた。

「どうして扱えもしないセルクルを使うのかしら」

「え？　セルクルって？」

「料理で使う丸い型よ。目玉焼きを作る際に使うこともあるわ」

「へえ、若いのに詳しいんだね」

「ちなみにカゴに盛られたバゲットなら出来合いのものだから美味《おい》しいわよ」

メイドがオジョウの右隣に、コックがポーチの左隣に、座る。

そうして、厳かに食事が始まった。

オジョウの言っていた通りテーブル中央に置かれたパンは美味しかった。そのパンでもってベーコンエッグらしきものを胃袋へ流し込む。他の人たちも同じような、作業を、繰り返した。そんな中、ヤクザが不自然なほどハキハキとした口調で喋りだした。

「美味《うめ》えな。コックさん、今日も美味えよ」

「あ、ありがとうございます」

「いや、礼を言うのはこっちだ。ありがとよ。ほら、みんな、頑張って食え」

ヤクザも無理をしているはずだ。その顔は引きつっているし、何より、頑張って、と言ってしまっている。昨日の顔合わせの際に、ポーチがヤクザのことを心優しい人と紹介していたが、あながち間違っていなそうだ。

天国の住人たちの人となりは分かってきた。特に、コックは料理人という点について疑問符が付いたのは収穫だ。これで新聞の内容との整合性が取れる。

ヒゲオは、そう考え、切り出すことにした。

「あの、昨日は新聞の内容を把握していなかったので、あまり皆さんと話をできませんでした。そこで、いまから情報の擦り合わせをしませんか？　こうやって全員が揃うのは食事の時くらいですし、タイミング的に丁度良いと思うんですよね」

全員、神妙な顔をしている。それは、ヒゲオの提案によってなのか、料理の味によってなのかは分からないが、話を続けても問題はなさそうだ。

大きく息を吸い、フォークを指揮棒のように振る。

「まず、この屋敷は、新聞に書かれている天国屋敷ってことで良いですよね？　庭園に囲まれた木造二階建ての洋館。本格的な西洋造り。文章の内容と一致します。他にも、二階には複数の客室。玄関の左手には二つの男性遺体があった応接室。大階段の下にある廊下を進むと女性の遺体があった居室。メイドさん、この居室って、いまメイドさんが使っている部屋と同じ位置ですよね？」

「はい、使用人の部屋と思われます」

「このように、この屋敷は天国屋敷と外観も間取りも一致します。間違いなく、新聞はここでの事件を記したものでしょう。異論ありますか？」

　誰も口を開かない。ただし、コックが小さく手をあげた。

「コックさん、どうぞ」

　フォークで指し示すと、彼は控えめな声で話し始めた。

「異論というほどのことではないのかも知れないですけど、新聞の内容ですと、屋敷には料理人がいなかったことになります。でも、私は、存在します……」

「確かに、新聞の内容によれば、パーティーに参加したとされる犠牲者六人のうち屋敷の住人は、主《あるじ》の息子と家政婦だけです。その上、その日の料理は出来合いのもので料理人が介在する余地はない。強いて挙げるならば第一発見者は料理人ですけど、その人物は生きていますしね。しかし、なんらかの理由で、コックさんはパーティーに参加した。そう考えるほうが妥当じゃないですかね」

というよりも、コックは料理人とは思えない。

「でもですね、パーティーにコック服で参加しますか？」

「そこは差し当たり気にしないで良いんじゃないですかね。俺たちにしても、品の良い洋館にいるような外見ではないですよ。ヒゲオとヤクザとポーチですよ？」

そこまで言ってもコックは納得していない様子だった。

そんな彼を見て、ヤクザが、口を挟んできた。

「なあ、コックさんよ。やっぱここは天国屋敷なんじゃねえかな。別にな、あんたの料理人としての誇りを疑ってるわけじゃねえんだ。ここの状況と新聞の内容は一致する。何より、事件のことが書かれた新聞が俺たちのもとに届くって意味を考えたらだ、ここは天国屋敷って考えたほうが良いんじゃねえかな」

コックは諦《あきら》めたように小さく頷いた。

「そ、そうですね。分かりました」

「オーケー。じゃあ、ヒゲオ、話を続けてくれ」

ヤクザに促されて再び指揮を執る。

「では、ここは天国屋敷ということを前提に話を進めます。さっきも言いましたが、事件の犠牲者六人のうち、ほぼ二人は確定しています。主の息子の国沢春斗、それと家政婦です。家政婦に関しては諸々《もろもろ》の状況からメイドさんと思われます。それでは、国沢春斗は俺たちのうち誰でしょうか？」

全員、首を傾《かし》げるだけで何も言わない。そこで思索のための材料を投下する。

「国沢春斗はどんな人物か。まず息子と言うからには男性です。年齢は書かれていなかったので、父親の国沢秋夫に関する記述から算出しましょうか。国沢秋夫は昭和六十二年の時点で三十九歳。誕生日が分からないので若干の誤差はありますが、まあ、現在は七十一歳前後です。二十五年前、つまり四十六歳の頃に離婚。学生時代に結婚したとは思えないため、子供を作ったのは二十三歳から四十六歳の間と考えられます。それでは現在、国沢春斗は何歳の可能性があるでしょうか。はい、ヤクザさんお答えください」

「よしてくれ、そういう計算は苦手なんだ」

ヤクザに代わってオジョウが答える。

「二十五歳から四十八歳かしら」

彼女にフォークを向ける。

「正解。って、実は計算をしていないんですけどね、まあ、それくらいでしょう。要するに、ここにいる俺を含めた男性陣四人は、国沢春斗である可能性があります。それでは聞きます。自分が国沢春斗だと思う人、手をあげてください」

静寂が漂う。誰もまったく動かない。

「……うん、まあ、はい、そうでしょうね。そうなると思っていましたよ。では、質問を変えますね。国沢春斗の父親、国沢秋夫を知っている人はいますか？」

そう問いかけると、ポーチが唇を尖《とが》らせて呟いた。

「みんな記憶がないんだから、知ってる人はいないと思うよ」

「そうかなあ……」

ヒゲオはそう言ってから目の前の料理を示した。そして、言葉を継いだ。

「例えばね。俺はこの料理の名前を知っている。この料理はベーコンエッグだ。こんな具合に、記憶がなくても、言語や一般常識は理解してるんだよね」

そこでオジョウが茶々を入れてくる。

「これがベーコンエッグと呼べるのか疑問だけどね」

その言葉を無視して話を続ける。

「国沢秋夫は、地元の名士と呼ばれるような存在だった。それほどの有名人なら、ここに知っている人がいたとしても、おかしくないんじゃないかなあ」

すると、ヤクザが申し訳なさそうにうつむいた。その挙動を不審に思い、尋ねる。

「どうしました？　ヤクザさん」

「実はな、俺は国沢秋夫を知っている。国沢秋夫は地元の名士どころじゃねえ。一部ではスクープ王と呼ばれるほどの英雄だ。知っているってことを隠していたわけじゃねえんだよ。こんなことは一般常識として、みんな知ってると思ってたんだ」

「ちなみに、国沢秋夫ってどんな人なんですか？」

「親しかった記憶はねえから、なんらかのメディアで得た知識だと思うが、髭を生やした爺《じい》さんだよ。偏屈な性格だったと聞いている」

「事件当時に、国沢秋夫は不在でした。どこに行っちゃったんですか？」

「だから知り合いじゃねえんだ。知るわけねえだろ！」

「それじゃあ、国沢春斗のことは知ってます？」

「悪いな。記憶にねえ」

他の人たちに視線を向けると、全員、首を横に振った。

いまの時点では、新聞記事についての精査はこの程度で良いだろう。本当はもっと気になる点があるが、それを口にしたところで根拠のない推測にしかならない。例えば、国沢春斗が怪しい、と思っているのだが、それは感覚的なことだ。

最後の黒い物体を食らい、フォークをテーブルに置いて両手を広げる。

「では、ここからは世界について語りましょうか」

こんな台詞《せりふ》を真顔で口にする日が訪れるとは思いもしなかった。

視線がこちらに集まる。ヒゲオは人差指を立て、誇らしげに説明を開始した。

「さっきポーチさんとオジョウとは話をしたんですけど、この世界と現世って時間の流れ方が違いますよね？　一時間ごとに新聞が発行されているのに対し、ここには一日一回しか新聞が届かない。どう思います？」

その問いにメイドが答える。

「はい。現世で一時間が経過した時、この天国においては一日が過ぎているでしょう」

コックとヤクザが当たり前のことのように頷いた。

「え？　なに？　分かってたの？」

そう狼狽《うろた》えると、ヤクザが人差指を立て、誇らしげに説明を開始した。

「新聞という字を思い浮かべてみろ。新しく聞いた話という意味だ。新しさ、つまり情報は鮮度が大事なんだよ。ここは新聞屋の屋敷だぞ。古い新聞なんか届くわけがねえ。新聞屋の職業倫理上、届ける新聞は刷られたばかりのものだ。俺はそう信じてる。だから、すぐに時間の流れが現世と違《ちげ》えって気付いたんだよ」

理屈っぽくて面倒臭そうな語り口だ。なんとなく癪《しゃく》に障《さわ》る。

ヒゲオは肩をすくめ、次の話題に移行することにした。

「じゃあ、時間の流れについてはそんな感じでね。次の話をね、しますね。この世界って、本当に、俺たち六人しかいないんですかね？」

再びメイドが答える。

「はい。そのように考えております。新聞を読む限り、犠牲者は六人です」

「本当はもっといるかも知れない」

「その可能性がまったくないというわけではないですが、パーティー参加者が六名であったことは明らかです。その上、現世では、すでに事件発覚から十時間ほどが経過しています。捜索も進んでいることでしょうし、屋敷の犠牲者は、私たち六人で、確定ということで宜《よろ》しいのではないでしょうか」

「なるほど。この世界には六人しか来ていない。そうなると、分からないことがある」

「どういったことでしょう？」

澄ました顔のメイドから視線を外し、他の人たちのことを見回す。

「昨日と今日の午前六時頃、バイクの音を聞きました。あれは誰が鳴らしたんですか？」

そう疑問を提示すると、コックとポーチが口を開いた。

「あれは時報のようなものですね」

「新聞が届いたことを知らせる合図だね」

意味が分からず、呆気《あっけ》にとられる。

「え？　どういうこと？　時報って？　え？」

すると、メイドがまたもや語り始めた。

「毎朝六時になると、原動機付自転車の音が聞こえてくるのです。その後でポストを確認しに行きますと、新聞が届いています。そういう、現象、なのでしょう」

「それで納得できるんですか？　誰かがいるかも知れない」

「ですが、誰も姿を見ていないのです」

これ以上の詮索《せんさく》は意味を持たないだろう。不在の証明は不可能なのだから、水掛け論にしか発展しようがない。この話題については身を引いたほうが良さそうだ。

「分かりました。そうなんですね。原付バイクの音は天国ではありふれた自然現象なんですね。じゃあ、差し当たり気になったことは解決です。俺の話は以上です」

そう言った時、ヤクザが絡《から》んできた。

「なんだ、もう終わりか？　肝心の犯人についての話がねえじゃねえか」

「いまは犯人について何も分からないから話せませんよ」

「慎重なこったな」

彼はそう吐き捨て、周囲をぐるりと睨《にら》みながら低い声を発した。

「なあ、誰が殺《や》ったんだ？」

咄嗟《とっさ》にポーチが小声で咎《とが》める。

「ヤクザさん、そういう聞き方は良くないよ」

しかしヤクザは悪びれる様子も見せず、むしろ饒舌《じょうぜつ》に語り始めた。

「勘違いしねえでくれ。俺は犯人を糾弾する気はねえ。もう死んでるしな。ただ、ここから脱するために、さっさと真相を教えてくれって思ってるだけだ。詳細な記憶の有無にかかわらず、人を斬《き》ったって自覚はあるんだろ？　なあ？」

　犯人に対する問いかけ。当然のように誰も返事をしない。

　ヤクザは首を傾げ、話を続けた。

「分からねえな。どうして名乗り出ねえんだ？　犯人にしてもこんな場所にはいたくねえだろ。すでに殺しは終えている。この世界には警察もいねえ。名乗り出ても失うものは何もねえんだ。それどころか、名乗り出たほうが得るものがあるじゃねえかよ」

　その意見に対し、オジョウが言う。

「失うものはあるわ。尊厳よ。私なら殺人犯扱いなんてされたくないもの」

「オジョウ、真相が判明したら、みんな揃って成仏《じょうぶつ》するって前提を忘れてねえか？」

「それでも嫌よ。消える瞬間まで私は美しいままでありたい」

「あ？　なに言ってんだ？」

　険悪な雰囲気が漂う。ヒゲオは呆《あき》れ気味に仲裁に入った。

「犯人がこの中にいるって決まったわけじゃないんで、この話はやめません？　それに年長者のポーチさんが何か言いたいことがあるみたいですよ」

「え？　僕？　僕には何か言いたいことがあるの？」

「まとめの言葉をお願いします」

「あ、ああ、うん……」

ポーチは無茶な振りを受け入れ、大きく手を叩《たた》いた。

「さて、ごちそうさまでしたって言いましょうか。みんなでご一緒に、せーのっ」

食堂内に大人たちの「ごちそうさまでした」という声が響く。

こんなに暗い食後の挨拶《あいさつ》をいままで聞いたことがない。まだ二日分の記憶しかないが。

食事を終えると、ヤクザは二階の自室へと寝にいった。昨夜は悪夢とは呼べない悪夢によって、あまり眠れなかったそうだ。オジョウは紅茶を淹《い》れて書斎へと向かった。メイドとコックは厨房で食器の片付けをしている。

ヒゲオは、メイドに屋敷の案内を頼もうと考えていたのだが、彼女は忙しそうにしていたので、暇そうなポーチに声をかけた。

「ポーチさん、一緒に屋敷内の探検しない？」

「良いね。探検って言葉、大好きだよ」

天国屋敷は、中央の階段ホールを取り囲むように部屋が配置されている。

一階は、南に玄関、西に応接室、東に書斎、北側に厨房、配膳室、食堂がある。北側の部屋の手前には西と東に廊下があり、西廊下沿いに納戸《なんど》と小階段、東廊下沿いに使用人部屋と浴室、という間取りになっている。

二階も一階と似たような間取りで、南は大きな窓、西に集会室と主人の部屋と思われる広い居室、東にも広い居室が二つあり、北側には小さな居室が四つ。ちなみにヒゲオが客室として利用しているのはその四つの居室のうちの一つで、北東の角部屋だ。

ヒゲオとポーチは、まず男性遺体が二つあったとされる応接室を探索することにした。

応接室に入ると、そこは明るい部屋だった。

天井の照明は仄《ほの》かに灯る程度だが、南側が一面ガラス張りになっていて、そこから陽が強く射し込んでいたのだ。カーテンはあるものの、自慢の庭園を披露でもしたいのか、開け放たれたままになっている。

部屋の中央にはローテーブルがあり、それを挟んで二つのソファが向かい合わせに置いてあった。一つは窓を背に、一つは壁を背に、そういう配置だ。

ヒゲオは壁を背にしているソファに腰をかけた。座った瞬間に尻《しり》が深く沈んでいく。それほどに柔らかなソファだった。ぱっと見は三人掛けに思えるが、こういうお屋敷の大き目な家具なので、おそらく二人掛け用だろう。

「え？　座っちゃうの？」

とポーチが言った。

「うん。どうしたの？」

「だって、そのソファって、最初に発見された犠牲者が寝てたところだろ」

「いまは寝てないし、正確には寝る前の状態だよ、これ」

　この屋敷は、犠牲者たちの死亡した場所が忠実に再現されている、とメイドは言っていた。その考えには概《おおむ》ね同意する。しかし正確さに欠く表現だ。この屋敷は共通認識によって生まれた。当然ながら犠牲者たちは死んだ後のことなど知るはずがない。

「――要するにさ、この場所は事件前の状態なんだよね」

「へえ、なるほどね。ヒゲオさんって頭良いよね。探偵みたいだよ」

「生前は探偵だったりしてね」

　そんな軽口を叩き、脚を組んで肘掛けにもたれる。それから、庭を指差して呟く。

「この席からは、よく庭が見えるな……」

　第一発見者は外からこのソファに横たわる遺体を見た。もう一つの遺体は足元に転がっていて見えなかった。確かに、外からでは床が死角になる。そのため一つ目の遺体発見から二つ目の遺体発見までには二時間の空白が発生した。

　考えを巡らせていると、ポーチが興奮気味に話しかけてきた。

「画《え》になるねえ。ヒゲオさん、そのポーズ格好良いよ。探偵というより、探偵を演じる名俳優って感じかな。うん、画になる」

　ポーチは指で四角い枠を作り、そこからこちらを覗《のぞ》き込んでいた。

　悪い気はしない。しかし、

「ポーチさん、いまは推理の時間だよ」

「あ、ごめんね。何か考えてた？」

「うん。ここで死んでいたのは誰だったんだろうってね」

「そうだね。誰だろうね」

その相槌《あいづち》が作為なく発せられたものならば、すでに答えは出ている。

ヒゲオは、より確証を得るために尋ねた。

「ポーチさんさ、ポーチさんは、どこで死んだの？」

ポーチは唐突な質問に面食らった様子を見せつつも、ゆっくりと話し始めた。

「たぶんね、いま使ってる客室だよ。初めは気が付かなかったんだ。でも、部屋の中にいるうちに、次第に思い出したんだ。ここは、僕が殺された所だってね。客室のベッドで眠っている時に僕は犯人に襲われたんだよ」

彼は喉元《のどもと》を押さえて苦しそうな表情をした。

「俺も客室で死んだんだ。この応接室には二人の男性の遺体があった。俺とポーチさんが客室で死んだってことは」

「ああ、ここで死んでたのはヤクザさんとコックさんだ」

「そうだろうね」

もちろん、ポーチが事実のみを話しているとしたらだ。

ヒゲオは立ち上がり、ポーチに告げた。

「後でヤクザさんとコックさんにも死に場所を確認してみるよ」

その時、聞こえてきた。

「ギャァァァァァァァァァァッ！」

屋敷中に響き渡る叫び声。それは二階からのものだった。

　ポーチが目線を上に向けて呆然《ぼうぜん》と呟く。

「ヤクザさんの声だ」

　ヒゲオは大きく頷いて、扉を親指で示した。

「行ってみよう」

応接室からホールに出ると、向かいにある書斎の扉の前にオジョウが立っていた。ヒゲオとポーチと同じように、叫び声を聞いて部屋から飛び出してきたようだ。

「あ、ヒゲオさん。なんなのよ、いまの声……」

彼女は怯《おび》えるように言った。

扉の開閉する音が聞こえ、厨房から西廊下を通ってメイドとコックもやって来る。

これで階段ホールにヤクザを除く五人が揃った。ヒゲオたちは言葉を交わさず、視線と頷きでもって互いの意思を確認した。

何が起こったのか、見に行かなければならない。

全員で大階段を上って二階に向かう。客室として利用されている北側の四つの小さな居室は、西からオジョウ、ヤクザ、ポーチ、ヒゲオの部屋になっている。

　ヒゲオはヤクザの部屋の扉を叩いた。

「ヤクザさん？　ヤクザさん、どうしたんですか？」

　返事はない。ドアノブに手をかけると、鍵《かぎ》がかかっていた。

「私、鍵を取ってくるね」

　オジョウが言った。そんなオジョウをメイドが制す。

「鍵ならば、私が持っています」

　メイドは鍵束を取り出し、そこから一つの鍵を選んで内開きの扉を開いた。全員、息を飲む。窓からの光が室内の様子を鮮やかに浮かび上がらせていた。

　ヤクザは、首から大量の血を流し、ベッドに仰向けに倒れていたのだった。

　最初に動いたのはヒゲオだった。ヒゲオは部屋に入り、ヤクザのことを見下ろした。

　ヤクザは大きく目を開き、虚空《こくう》を見つめている。

　ポーチが少し遅れて駆け寄ってきて、そんなヤクザの身体を揺さぶった。

「ヤクザさん！　ヤクザさん、しっかりしてよ！」

「ポーチさん、無駄だよ。どう見ても死んでる。瞳孔《どうこう》は開いてるし、息もしていない。何より、こんな傷で助かるわけないだろ」

　ヤクザの首は大きく斬られていた。首の左側面が割れたように開いている。ナイフではなく、オノのようなもので叩き斬られた感じの傷だ。

「どうしてそんなに落ち着いていられるんだよ」

「俺だって動揺してるよ。だから落ち着けって自分に言い聞かせてる最中だ……」

取り乱すな。冷静になれ。ゆっくりと息を吸え。そうだ、

——演じろ。自分は名探偵だと思い込め。

ヒゲオはヤクザの死体を観察した。そして、ぽつりと零《こぼ》した。

「不自然だな……」

死体の横にしゃがみ込むポーチが、こちらを見上げる。

「え？　どうしたの？」

「首の側面を叩き斬られた感じなのに、仰向けに寝ている。しかも掛け布団《ぶとん》までかかっている。寝ている時に襲われたのなら、首の正面に傷ができるもんじゃないかな」

「横向きに寝てて、斬られた勢いで仰向けになったとか？」

「ああ、それはあり得る。でも、どちらにしても、どのタイミングで叫んだんだろ」

そう自問をしてから、掛け布団をめくる。

「……左手の小指を怪我《けが》してる」

「ヒゲオさん、ヤクザさんは元から左手の小指がないよ」

「違うよ。そのなくなっている小指の根元から出血してるんだ」

「あ、本当だ……」

観察を続ける。しかし他に不審な点は見受けられなかった。ヒゲオは掛け布団をヤクザの顔を隠すように被《かぶ》せ、それから後ろを振り返った。

オジョウ、メイド、コックが、不安げにこちらを見つめている。

そんな彼らに対し、両手を広げて提案する。

「とりあえず食堂に行きましょうか」

返事はない。頷く人もいない。それでも、五人は、食堂に向かって歩き始めた。


食堂に集まる。全員、今朝と同じ席に着く。

ただし当然ながら、ヤクザが座っていた入口に近い席は空いたままだ。

メイドが気を利《き》かせて冷たい水の入ったグラスとピッチャーを持ってきた。ヒゲオは水を一気に飲み干した。他の人たちはちびちびとすすった。静かだ。

そんな中、オジョウがテーブルの何もない一点を見つめ、掠《かす》れた声を漏らした。

「どうなってるのよ……」

その発言に対し、考えを整理しながら見解を述べる。

「現場の状況からすると、ヤクザさんは、目を覚ました状態で、ベッドで横になっている時に、オノのような刃物で襲われた。抵抗しようとして左手に怪我を負い、その際に叫び声をあげた。と同時に、首に追撃を受けて絶命。犯人は遺体に掛け布団をかけ、凶器を持ったまま逃走した。そう考えるのが妥当、なのかな」

「いまはそんな理屈は聞いてないわよ！」

また彼女を不機嫌にさせてしまったみたいだ。しばらく口をつぐむことにする。

食堂の風景は静止画のようになった。

そこに、ぽつぽつと、独り言という名の背景音が流れる。

「誰が殺したんだろ……」

そう言ったのは、ポーチだった。

「誰がやったのですかね……」

そう言ったのは、コックだった。

「まったくだ。ふざけやがって……」

そう言ったのは、ヤクザだった。

食堂の入口に視線が集中する。そこに立つ人物を見て五人は思わず叫んだ。

「ヤクザさん！」

続けて、叫んだ勢いのまま、ヒゲオは尋ねた。

「さっき死んでませんでした？」

「死んでたよ。気合いを入れたら生き返った」

「え？　そういうシステム？」

ヤクザは音をたてて椅子に座った。その首には傷もなければ血の跡もない。

「クソ。誰が俺を殺った。しかも現世と同じ殺し方なんかしやがって……」

そう愚痴を零す彼に、ポーチが疑問を投げかける。

「誰に襲われたか覚えてないの？」

「寝惚けていたせいか記憶が混濁してるんだ。襲われたことしか分からねえ」

「そっか……でも、とりあえず無事で良かったよね。死なないなら今後も安心だ」

ポーチは人懐《なつ》っこい笑顔を見せた。

その笑顔に対してヤクザは、重苦しい口調で応じた。

「果たしてそうかな……」

なんらかの考えがあっての発言だろう。そこで、先を促すように問う。

「どういう意味ですか？」

「首を斬られるのはな、当たり前だが、死ぬほど痛《いて》え。繰り返しこんなことをされてみろよ。即死する以上の苦痛だぞ。もはや拷問《ごうもん》だ」

「確かにそうかも知れないですね」

「早急に犯人を見つけなければならねえ」

「手掛かりは？」

ヤクザは、右手の人差指と中指と薬指を、立てた。

「犯人の姿は覚えてねえが、今回のことで分かったことが三つある。まず、なぜ犯人は名乗り出ねえのか。それは、この天国でも殺戮《さつりく》を行なうためだ。死人が生き返るのは想定外だったかも知れねえが、とりあえず、俺以外の奴も狙《ねら》う可能性がある」

立てた三本の指のうち薬指を折り畳む。

「次に、犯人の動機。現世での殺しは、それが心中であっても、損得が絡んでいる場合がある。例えば、誰かのため、とかな。しかし、天国にはそんな損得は存在しねえ。つまりだ、犯人の動機は怨恨《えんこん》。苦しみを与えることだけが目的と言ってもいい」

さらに中指を折り畳み、残った人差指を、ヤクザは指揮棒を扱うように振った。

「最後、これが一番大事なことだ。ここは閉じた天国。今回のことで外部犯の可能性はなくなった。犯人は、確実に、この中にいる！」

ヤクザは目を細め、テーブルを囲む天国の住人たちを、一人ずつ、睨んだ。

淀んだ空気が食堂内を蹂躪《じゅうりん》する。

いまのところヤクザの推測に綻《ほころ》びはないように思える。他の人たちも同じように思っているのか、誰も反論はしない。しかし先程の状況を考えると、この場にいる人たちは、ヤクザを殺すことは不可能だった。その矛盾を解決する突破口が何かしらあるはずだ。

今日の出来事を振り返る。頭の中の映像を現時点から逆再生していく。そして、行き着いた。目覚めた時に聞いた音。やはり、あれが気になる。

ヒゲオは、ヤクザに進言した。

「俺たち以外の犯行の可能性はまだあります……」

夜、夕食を終えてから、ヒゲオはメイドの部屋を訪ねることにした。

使用人部屋の扉を叩くと、彼女は眠そうな顔をして現れた。

「どうされたのですか？」

「いや、目覚まし時計を貸して欲しいと思いまして」

「目覚まし時計を？」

「はい。メイドさんは、誰よりも早く起きてるでしょ？　持ってると思って」

「あるにはありますけど……」

そう言って、彼女は室内のほうを向いた。女性の部屋をジロジロと覗き見るわけにもいかないので、「ありますけど？」と、復唱だけをする。

彼女はこちらへ向き直り、小さく頭を下げた。

「申し訳ありません。あるにはあるのですが、机に埋め込まれている時計でして、ちょっとお貸しするのは難しそうです」

「ああ、謝らないでください。じゃあ、どこかにありませんかね？」

「ひょっとすれば納戸にあるかも知れません。ご案内いたしましょうか？」

「納戸の場所なら分かるので一人で行きますよ。おやすみなさい」

納戸は、西側の廊下沿いにある。ホールを抜けてそちらへと向かう。

日中に納戸の中を少しだけ覗いてみたが、相当な広さのある空間だった。ウォークインクローゼットという呼び名のほうが似つかわしいかも知れない。左手の壁にハンガーにかかった衣服が整然と並び、それ以外の壁には棚が設けられていて、骨董品《こっとうひん》でも入っていそうな箱がいくつも積み上げられていた。

扉の前に着いた時、その光景を思い出して溜め息が出た。目覚まし時計一つを探すのは骨が折れそうだ。とはいえ、メイドに起こして貰《もら》うのは申し訳ないし、アラームもなしに自力で早朝に起きる自信などまったくない。

「すぐ見つかりますように」

ヒゲオは、そんな惚けたことを言いながら扉を開け、電気を点《つ》けた。

目覚まし時計は、幸いなことに、床の中央に置いてあった。

四、現象

午前五時半、ジリジリとベルが鳴った。

昨日の夜に手に入れた目覚まし時計は、アナログの文字盤の上に大きなベルが二つ乗った、いわゆる目覚まし時計だった。子供に目覚まし時計のお使いを頼んだ際にこれを買ってきたならば百点をくれてやる。それほどに理想的な代物《しろもの》だ。

ヒゲオは、布団《ふとん》に潜ったまま枕元《まくらもと》のそいつを叩《たた》き、ベルを止めた。のっそりと起き上がる。適当に身だしなみを整える。そして、屋外へと向かう。

屋敷の玄関先には、スタンドタイプの郵便受けが設置されていた。鳥の巣箱を思わせる小さなものだ。薄い金属でできていて、正面には打ち出しによる細かな模様が描かれている。ヒゲオは、まず、その中身を確認した。新聞はまだ届いていない。

それから周辺を見回し、身を隠せる場所を求めた。建物の陰か松林の中、あるいは庭園内の茂み、以上が候補に挙がる。場合によっては、容疑者を、捕獲することになるかも知れない。それを考慮すると、出来るだけ郵便受けから近いほうが良いだろう。

ヒゲオは茂みに歩み寄った。植物の名前は詳しくないが、この花ならば知っている。バラだ。やぐら型に組まれた支柱に白色のバラが絡《から》まっていた。人の背丈ほどある上に、花も葉もよく茂っている。しかも棘《とげ》の少ない品種のようだ。夏の頃にバラが咲き乱れるとは知らなかった。とりあえず、ここならば条件に適している。

ヒゲオは、そのバラの茂みに身を沈め、息を潜めた。

やがて、目的とする音が、聞こえてきた。頼りないエンジン音。林の中を原付バイクが走っていると察せられる。そのバイクは新聞配達などによく使われるセミオートマタイプのものだろう。独特なギアチェンジの音がガチャガチャと鳴っている。

昨日の朝からずっと怪しいと思っていた。この世界において、冷蔵庫の中身や消耗品などは、ふんわりと湧《わ》くように補充されている。それに対して新聞だけがバイクの音というエフェクト付きだ。また紙面に書かれた内容からは明らかに、筆者、という存在が感じられる。どういう手品を使っているのか知らないが、現世の出来事を知った何者かが新聞にして届けている。そう考えるほうが、現象、などというものより納得がいく。

そして、その何者かが、ヤクザを殺した。現世での殺人についてはひとまず置いておいて、ヤクザ殺しについては、屋敷内の人たちでは実現不可能だったのだ。

バイクの音が近付いてくる。まだその姿は見えないが、音の大きさからすると、すでに敷地内に入ったと思われる。そろそろ郵便受けの前に到着するはずだ。音がさらに近付いてくる。もうそこにいるはずだ。ところが一向に姿が見えない。

音が、郵便受けの前で停止し、アイドリング状態に変わった。何もいない。何もいないはずなのに、何かが投函《とうかん》される音が聞こえてきた。そして再び音は移動を開始し、ほどなくして林の中へ消えていった。

しばし呆然《ぼうぜん》とする。何が起きた。いや、何も起きていなかった。音だけがした。

ヒゲオは幾分か冷静さを取り戻すと、郵便受けに駆け寄った。蓋《ふた》を開ける。その中には新聞が入っていた。つまり、バイクの音を合図に、新聞が、湧いた。

「……ですから、現象、と言ったではないですか」

背後からした突然の声に、思わずピクリと肩を引き上げる。

振り返ると、すぐそこにメイドが立っていた。

「メ、メイドさん、いつの間にいたんですか……」

「ずっとですよ。外に出ていく姿をお見かけしたので、何をしているのだろうと、建物の陰から観察しておりました」

メイドは冷ややかに微笑《ほほえ》んだ。嘲笑《ちょうしょう》だろうか。

「あの、呆《あき》れてます？　メイドさんが言っていたことを信じなかったから」

「いいえ。そのようなことはございません。ただ……」

「ただ？　ただ、なんですか」

「庭の植え込みには立ち入らないでください。苗が傷《いた》みます」

そう言って彼女は横を向いた。その視線の先を追う。ヒゲオが立ち入った場所は、耕したばかりらしく、土が露出していた。そこに小さな植物が植わっていたのだった。

「あ、すみませんでした」

「今後はお気を付けください。オジョウ様とヤクザ様が悲しまれますよ」

「え？　なんで、ここで、二人の名前が出てくるんですか」

「お二人は、ここの花がお好きなようです」

「へえ……まあ、見事に咲いてますしね……」

改めて庭園の花々を見つめる。いずれも艶《あで》やかで、これを好きになるのは分かる気がする。それにしても、大半の花は春に咲くものだと思っていた。

「バラって夏の花だったんですね」

「四季咲きのバラならば冬以外はずっと咲いていますよ」

「なるほどね。あの白いバラは四季咲きのバラっていうのか」

「いいえ。あれは一季咲きのつるバラです。本来は春にしか咲かないのですが、今年は返り咲いたのでしょう。まれに、一度散った後、夏や秋に再び咲くことがあるのです」

「返り咲きね。まるで俺たちみたいだ……」

呟《つぶや》くと、メイドがこちらをじっと見据えた。照れ臭くなり、慌《あわ》てて言葉を付け足す。

「あ、いや、俺たちも、命を散らして、再び天国で咲いてるかなって」

彼女は表情を緩め、白色のバラを見つめた。

「そういえば、ヤクザ様も同じようなことをバラに向かっておっしゃっていました」

「え？　あの人と同じ発想っていうのは、なんか嫌だな」

「素敵な発想だと思いますよ。とても共感いたします……さて、そろそろ食堂へ向かいましょうか。食事の準備も終わっていることでしょうし、ヒゲオ様は皆様に、報告を、しなければならないのでしょう？」

花のお陰で気持ちが和んでいたが、一気に現実に引き戻された。

六人以外の人物など、存在しなかったのだ。


食堂に入ると、すでに全員が揃《そろ》っていた。

昨日と同じ座席だ。コックも配膳《はいぜん》を済ませて席に着いている。しかし、誰も会話をしていない。ヤクザに至っては腕を組んで難しい顔をしている。

ヒゲオはそんな彼の向かいに座り、機嫌を窺《うかが》うように、笑顔で話しかけた。

「今日は昨日と違って早起きなんですね」

「お前の部屋の目覚ましがうるさくて目が覚めたんだよ」

「あ、それは、すみませんでした……」

軽く頭を下げるが、ヤクザの表情は微動だにしない。

「ヒゲオ。そんなことより、先に言うことがあるんじゃねえか？」

「はあ、遅くなって、すみませんでした」

「違《ちげ》えよ。今朝は何かを確かめに行ったんだろ？」

前日に大見得を切ってしまった手前、成果を得られなかったとは言いにくい。

痒《かゆ》くもない首筋を掻《か》く。するとメイドが、水を配りながら説明を始めた。

「ヒゲオ様は新聞配達員を捕まえようとしていたのですが、存在しないということが明らかになっただけでした。さあ、冷めてしまう前にベーコンエッグをいただきましょう」

複数の溜《た》め息《いき》が同時に聞こえる。それは、ヒゲオの行為に対するものか、ベーコンエッグに対するものか、定かではないが、いずれにしろ雰囲気の悪い朝食の始まりだ。

ヤクザが黒い物体を気前よく頬張り、フォークをこちらに向けてくる。

「これで五人の中に犯人がいるってことは納得したか？」

良かれと思って早起きまでしたというのに、責められている気分だ。

「いや、ちょっと待ってくださいよ。俺たちには、犯行を行なうことは無理でした。現場は密室でしたし、悲鳴を聞いた直後に全員ホールにいたんです」

「なんらかのトリックを使ったんだろ」

「そんな、ミステリー映画じゃないんだから」

「どう言おうと、この世界には六人しかいねえんだぞ。分かってるか？」

百も承知だ。七人目を探して失敗に終わった張本人なのだから。

無言の時が過ぎる。フォークと皿のぶつかる音だけが微《かす》かに響く。ヤクザは、誰も反論してこないことを認めると、急にしおらしい態度になって語りだした。

「悪いな。俺が殺されたせいで空気を悪くしちまってよ。昨日も言ったが、俺は犯人を糾弾する気はねえ。そりゃ、殺された直後は悪態をつきはしたが、その考えは変わってねえよ。犯人にも事情があるんだろうからな……」

「かといって、殺人は許されることではないですよ」

「分かってるよ。ヒゲオ、まだ話の途中だ。少し付き合ってくれよ」

そう言うとヤクザは、小指のない左手を広げた。

「見ての通り俺はこんな風貌《ふうぼう》だ。覚えてねえが、生前はろくな生き方をしていなかったってことは想像できる。クソみたいな野郎だったんだろうさ、たぶんな。それこそ誰かに恨まれるようなことも沢山したんじゃねえかな……」

「いや、俺はヤクザさんのこと良い人だと思ってますよ」

「ありがとよ。でもな、悪事を働くのに人格なんてもんは関係ねえんだよ。誰でも、譲れねえ信念がある時、他人をないがしろにしちまうもんさ……」

「そんなもんですかね。俺には理解できないかな」

「ヒゲオ。お前、なんかうるせえな。少しは黙っていられねえのかよ！」

なぜか怒られた。指摘通り、しばらく黙ることにする。

ヤクザは辺りが静かになると、全員の顔を見ながら、再び話し始めた。

「この中にいる犯人さんよ。あんたも譲れねえ何かがあったんだろ？　でもな、俺たちはもう死んでるんだ。真相が明らかになれば揃って成仏《じょうぶつ》する。こんな未練の残りカスで出来上がった世界からは、さっさと一緒に脱出しようぜ。なあ？」

誰一人、返事をしない。

ヒゲオも、水を差すのは悪いと考え、引き続き静かにした。

食事を終えると同時に大半の人は各部屋に散っていった。

食堂に残ったのは、ヒゲオと、ポーチだけだった。

ヒゲオが考え込んでいると、ポーチが隣の席に移動してきて手を一つ叩いた。

「さーて、名探偵さんは何を考えてるのかな」

「なんなの、その名探偵さんって」

「昨日は一緒に推理ごっこをしたでしょ」

「推理ごっこって、地味に失礼だなあ……」

「まあまあ、それで何か良い考えは浮かんだ？」

そう問われ、考えを整理するために改めて事件の概要を口にする。

「ヤクザさんの事件についてなんだけど、二階から悲鳴が聞こえて、すぐ後に、俺たちは階段ホールに出た。その時点ですでに、書斎の前に、オジョウがいた。少し遅れて、西の廊下から、メイドさんとコックさんが来た。五人でヤクザさんのもとに向かうが、扉には鍵《かぎ》がかかっていた。やっぱり、どう考えても不可能犯罪だよなあ……」

話を聞き終えたポーチが、アヒルのように唇を尖《とが》らせる。

「でも、この中に犯人がいるのは確実なんだよね？　疑いたくはないけど」

「まあねえ……あ、ポーチさんはさ、俺のこと怪しいと思わないの？」

「あの時は一緒に応接室にいたからね。ヒゲオさんが犯人ってことはないと思ってる」

「俺も。ポーチさんが犯人ってことはないと思ってるよ」

「気が合うね。じゃあ、残る選択肢は三人だ」

「三人か。正確には、一人と一組かな。メイドさんとコックさんは一緒にいたしね」

「共犯の可能性もあるってこと？」

「意外とそれが濃厚かもな。うん、それだ」

そう言って指を鳴らし、ポーチの顔を指差す。

ポーチは指で四角い枠を作り、それを片目にあてがった。

「良いねえ。様になってるよ。名探偵っぽいよ」

「茶化さないでさ、俺の話を聞いてくれる？」

「うん。もちろん聞くよ」

「二人が犯人なら密室については簡単にクリアなんだよ。メイドさんが鍵の束を持っていたからね……あれ？　おかしいな……」

　事件発生時のことを思い返す。あの時、ヤクザの部屋の前で、不自然な発言があった。

「ヒゲオさん、どうしたの？」

「共犯説は一旦《いったん》置いておこうか。もっと怪しい人物がいる」

「もっと怪しいって、もうオジョウさんしか選択肢が残ってないよ」

「そう、オジョウだよ。彼女さ、ヤクザさんの部屋の前で、鍵を取ってくるね、って言ってたんだよ。おかしいでしょ。どこに取りに行くんだよ」

「合鍵がどこかにあるんだ……」

「そして、その場所を彼女は、なぜか、知ってる」

　そう言い切った時、厨房《ちゆうぼう》側の扉が開いた。ヒゲオとポーチは咄嗟《とつさ》に口をつぐんだ。

　食堂に入ってきたのは、メイドだった。おそらく食器の片付けを終えて使用人部屋に戻るのだろう。彼女はホールに通ずる扉に向かって歩き始めた。その動きを静かに目で追いながら、退室するのを待つ。ところが、

「お茶でもお淹《い》れしましょうか？」

メイドは立ち止まって話しかけてきた。ヒゲオは慌てて両手を振った。

「ああ、ありがと。でも、結構です……」

「そうですか？　ご入用の際は遠慮なさらずにおっしゃってくださいね」

彼女は再び歩き始めた。

ふと思い立ち、急いで呼び止める。

「あっ、あの、メイドさん。聞きたいことがあるんですけど」

「なんでしょうか？」

「この屋敷内の鍵って、メイドさんが持ち歩いているもの以外にあるんですか？」

「皆様に一本ずつ客室の鍵をお渡ししていますけど？」

「それは分かってますよ。それ以外。それ以外の鍵」

「そうですねえ。実は鍵を紛失した際のために、もう一つ鍵の束が保管されています。正確な場所をお教えするわけには参りませんが」

「ありがと。それだけ分かれば十分です。急に呼び止めてすみませんでした」

メイドは扉の前でこちらに向かって一礼すると、食堂を後にした。

二人きりになっても、しばし黙り続ける。聞き耳を立て、メイドが遠くへ行ったのを確認してから、小声でポーチに告げる。

「合鍵はたぶん納戸《なんど》にあるよ」

「なんで分かるの？」

「まず、メイドさんも記憶がない状態で屋敷に来たんだ。でも鍵を持っている。要するに分かりやすい場所に保管されてるんだよ。次に、紛失時のための鍵を施錠できる室内に保管するわけがない。そうなると共用部分に置いてある。有力候補は、納戸だ」

「当たってたら絶賛してあげるよ」

「いまから探しに行こう。もしかしたら鍵に最近使った形跡が残ってるかも知れない」


食堂を出て二人で納戸へと向かう。

道すがら、ヒゲオは鼻歌でも歌うように独り言を口にした。

「鍵、鍵、鍵ちゃん、恥ずかしがらずに、すぐに出てきてくれよ」

隣ではポーチがステップを踏むように歩いている。

納戸の前に着くと、さっそく扉を開けて電気を点《つ》けた。暖色の電球が部屋全体を仄《ほの》かに明るくし、床に光の輪が描かれる。

鍵の束は、その輪の中心に、落ちていた。

「あれ？　なんでこんな所にあるんだろ……」

呟くと、ポーチが興奮気味に笑った。

「凄《すご》い。本当に鍵があったよ。しかもそんな所にあるってことは、最近、使われたんだ」

　ヒゲオは鍵束に歩み寄り、しゃがみ込んだ。

「いや、俺は昨夜もここに入ったんだ。その時にはこんな所に落ちていなかった」

「じゃあ、それ以降に犯人が使い終わった鍵をダイナミック返却したとか？」

「ダイナミック返却ってなんなの。とりあえず現時点では、なんで鍵が納戸の真ん中に落ちていたのか断定は難しいよ。これを、使った形跡と捉《とら》えて良いのかなあ……」

　鍵束を拾い上げ、入口近くに立つポーチのほうを向く。それから、その背後の壁を指差して、ゆっくりと前進する。

「ポーチさん、そこにフックがある」

　扉のすぐ横の壁に真鍮《しんちゅう》製のフックが備え付けられていた。その表面にはご丁寧にも筆記体でＫＥＹと彫られている。ヒゲオはそこに鍵束を引っかけた。

「セキュリティがガバガバだね」

　そうポーチが言った。

「まったくだよ。こんな状態じゃ誰が鍵の在《あ》り処《か》を知っていても不思議じゃないよ。たぶん現世での殺人の際も、この鍵が使われたんじゃないかな」

「とにかく合鍵があるってことが分かって良かったね」

「うん。使った形跡は分からないけど、施錠は意味がないってことは判明した」

ヒゲオはそう呆れ気味に述べ、それから出入口を親指で示した。

二人は、次は階段ホールに向かった。

天国屋敷の中央に位置する階段ホールは、屋敷の中で最も広い空間だ。天窓のある吹き抜けで日中は陽の光に満ちている。玄関から見て右側、つまり東側に、ゆったりと弧を描く大きなサーキュラー階段があり、それを上ると二階の通路に出る。二階の通路は、各居室に繋《つな》がっているのはもちろんのこと、吹き抜け部を取り囲んでいて、そこから一階の様子を見下ろすことができる。どことなくオペラの劇場を思わせる造りだ。

階段ホールに着くと、まず大階段を上った。二階からホール全体を俯瞰《ふかん》するためだ。

そして各部屋の扉を指差しながら、小声で、改めてポーチへの説明を始める。

「あの応接室の扉から俺たちは出てきたわけだ。で、その時にはオジョウが向かいの扉の前に立っていた。仮に彼女が犯人だった場合、ヤクザさんを殺した後、俺たちがホールに来るまでに、そこの歩きにくい曲がった階段を駆け下りたことになる」

そこまで言ってから考えを巡らし、ポーチのほうを向いて一言付け加える。

「無理じゃない？」

ポーチは珍しく真剣な目をし、口の端を持ち上げた。

「僕は、トリックが分かったかも知れない」

「本当に？　どうやったの？」

　ポーチは背後にある客室にちらと視線を向け、それから慎重に語り始めた。

「ヤクザさんを殺した彼女は、扉に鍵をかけた後、この通路を垂直方向に走り、手摺《てす》りを飛び越えて一階に着地したんだ。これなら時間を短縮できる」

　ヒゲオは階下を見下ろした。

「あのさ、ポーチさん。ここって結構な高さがあるよ。飛び降りたら、下手すりゃ死んじゃうし、少なくとも骨を折るくらいの怪我《けが》はすると思う……」

「そこだよ、そこ。僕たちは死なないし、怪我だって治る。彼女はそのことにいち早く気付いて、それを利用したんだ。気合いの入れ方によって怪我の治りが早くなるのかも知れない。試してみる価値はあると思うよ」

　ポーチはキラキラとした期待の眼差しを向けてきた。

「ね、ねえ、ポーチさん、ひょっとしてさ、俺に飛び降りろって言ってない？」

「期待してるよ、名探偵さん」

「嫌だよ。ヤクザさんも言ってただろ、死ぬのは死ぬほど痛いって」

「良い考えだと思うんだけどなあ」

　眉根《まゆね》を寄せる彼を、ヒゲオは落ち着いた声色で諭すことにした。

「ポーチさん、真面目《まじめ》な話ね、それも無理があると思うよ。俺たちが悲鳴を聞いてから応接室を出たのって、少し会話はしたけど、せいぜい数秒、大目に見ても十数秒しかなかったでしょ。その間に、ヤクザさんにとどめを刺し、布団をかけて、鍵もかけて、凶器を隠して、それから移動って、飛び降りたとしても間に合わないよ」

ポーチは不貞腐れたように唇を尖らせた。

「えー、やっぱり無理かなあ」

「この世界特有の現象を利用したっていう発想は良かった気もするけどね」

そう言って手摺りにもたれる。そういえば、この屋敷に来た時、ヤクザもこうやって手摺りにもたれていた。そんなことを思い出した時、唐突に閃《ひらめ》いた。

「ヤクザさん、ヤクザさんか、ヤクザさんだよ……」

「ヤクザさんの名前を連呼なんかして、恋でもした？」

「違うよ。発想の転換だよ。ヤクザさんの狂言だったんじゃないかな」

「え？　でもヤクザさんは確かに死んでたよ」

「だから、自殺したんだよ。死ねなかったみたいだけど」

ヤクザは、ああ見えて繊細な人だ。悪夢に怯《おび》えるし、周りに変に気を遣っている。その上、さっさと成仏したいと公言していた。この永遠に続くかも知れない世界を嘆いて、自ら死を選んだとしても不思議ではない。

「でもさ、現場には凶器なんてなかったよ」

「それがさ、凶器を消す方法があるんだよ。この世界には」

ポーチは首を傾《かし》げている。

ヒゲオは不敵な笑みを浮かべ、そして、こう告げた。

「まずは実験をしたいから昼食後にまた落ち合おう。面白いものを見せてあげるよ」


一人で厨房へと向かう。実験を行なうには適当な刃物が必要だ。

厨房に入ると、そこにはコックだけがいた。もう昼食の準備を始めているらしく、パスタマシンで何かをグチャグチャにしている。

ヒゲオは、そんな彼に、笑顔で話しかけた。

「コックさん、頼みがあるんですけど」

「はい。どうされました？」

「使わない刃物を、貸していただけませんか？　試したいことがありまして」

「は、刃物を、ですか？　試す？」

コックはあからさまに怯えていた。いまの状況を考えれば無理もない。聞き方が悪かった。かといって、まだ詳細を公《おおやけ》にはしたくない。

「コックさんに危害は加えません。ちょっと消してみようと思っただけで」

「け、消してみる？　え？　誰を？」

「いやいやいや、そういうんじゃないですよ。切れ味を試すとかではないんです」

言えば言うほど胡散臭《うさんくさ》くなってしまう。こうなったら正直にすべてを話してしまったほうが良さそうだ。

「いや、実は、殺人現場から凶器を消す方法を模索している最中でして――」

いま考えているトリックについて小声で説明をする。

コックは、真剣な面持ちで何度も深く頷《うなず》いた。

「……分かりました。それは興味深い実験ですね」

「上手《うま》くいく気がするんですよ。で、刃物を貸して貰えますか？」

「そういうことなら、好きなものをお選びください」

彼は調理台を手で示した。ヒゲオはさっそく物色を始めた。

すぐ目に留まったのは、壁にかかっているナタのような刃物だった。キッチンには似つかわしくない物騒な見た目をしている。厚みのある長方形の刃に、やや湾曲した柄がついている、そういう代物だ。それを見ていると、頭の奥にチリチリと痛みが走った。

「コックさん、この刃物ってなんですか？」

「恥ずかしながら、私もよく分からないのですよ。初めから壁にかかっていました」

「ふーん……」

口元を押さえながら唸《うな》り声をあげる。その時、背後から声がした。

「それは、クレーバーナイフよ」

振り返ると、オジョウがティーカップを持って立っていた。

「クレーバーナイフ？　これってナイフなの？」

「そうね。チョッパーとか肉切り包丁って呼ばれることもあるけど、一般的にはクレーバーナイフかしらね。骨付き肉を切ったり大型魚を捌《さば》いたりする際に使うのよ」

「へえ……なんでこのナイフだけ壁に飾ってあるんだろ」

「他の包丁類は調理台の下にある収納ケースに入っているわ。でもクレーバーナイフは大きいから、そこに収まらないのよ。そういう点を考慮して、どこのメーカーのものもフックにかけられるようになっているのよね」

「なるほどね。それで、こんな目立つ置かれ方をされてるのか……」

これこそ新聞に載っていた、大きなナイフ、だろう。現世での殺人では、このクレーバーナイフが凶器として使われたに違いない。

「ところでさ、オジョウ。厨房に何しに来たの？」

「お茶のお代わりを貰《もら》いに来たんだけど、メイドさんはいないのかしら？」

その問いにコックが答える。

「彼女は、今日はもう自室に戻りました」

「あら、そうなのね。じゃあ、勝手に頂戴《ちょうだい》しちゃおうかしら」

オジョウはそう言うと、淀《よど》みなく、戸棚から茶葉を取り出して紅茶を淹れた。

その様子を見て、気になることを尋ねる。

「あのさ、オジョウ。この屋敷のことに詳し過ぎない？」

「そうかしら？　もう長いこといるから、詳しくなったのかもね」

「合鍵の場所も知ってたりして」

「合鍵？　納戸にあったと思うけど……いやだ。ひょっとして私を疑ってるの？」

「いまは疑ってないよ」

「いまは、ね……ヒゲオさんってさ、本当に口を開かないほうが良いわよ。じゃあね」

彼女は指をヒラヒラと振って、厨房から去っていった。

コックと二人きりになる。彼は、申し訳なさそうに声をかけてきた。

「刃物はどうしますか？　そろそろ食事の準備をしてしまいたいのですけど……」

ヒゲオは壁にかかる刃物を指差した。

「それをお借りしますね。返せないだろうけど」

コックは快く頷いた。さっそくクレーバーナイフを手に取り、刃先をキッチンペーパーでグルグルと巻いて隠す。ヒゲオは、それを自室へと持ち帰った。

部屋に戻ってすぐ、実験を始めることにした。

実験といっても刃物をゴミ箱に入れるだけの簡単なものだ。

この世界では、あらゆるものが元に戻ろうとする。汚れた服は綺《き》麗《れい》になり、消耗品は補充され、ゴミ箱は、勝手に空になる。

ヤクザは自殺したのだ。しかし、自尊心によってだろうか、そのことを隠すために偽装を働いた。彼は、手に傷を作り、布団に潜り、小さなオノ、あるいはクレーバーナイフのようなナタ状の刃物でもって、自らの首を斬《き》った。そして命が尽きる直前に、その刃物をゴミ箱に捨てた。これならばあの時の現場状況を再現できる。

キッチンペーパーに包まれたままのクレーバーナイフを木製の小さなゴミ箱に投げ入れる。あとは消えるのを待つだけだ。経験上、ずっと観察をしていると変化は生じない。いつの間にか空に戻るのだ。そのため、一旦は部屋の外に出たほうが良いだろう。

そう考え、少し早いが、ヒゲオは昼食を食べるために食堂へと向かった。

昼食は、粘土状の何かだった。味はあれだが、胃には優しそうな何かだった。

相も変わらず雰囲気の悪かった食事を終えると、ヒゲオは自室に戻ってゴミ箱を確認した。そして、それを持って隣室のポーチのもとを訪ねた。

扉を叩くと、ポーチはすぐに顔を出した。そんな彼に向かって言う。

「消えてない！」

ポーチは不安げな表情をした。

「ヒ、ヒゲオさん、どうして刃物の入ったゴミ箱を持ち歩いてるの？　怖いよ」

「話すと長くなるんだよ。聞いてくれる？」

「聞くけどさあ……あ、さっき面白いものを見せるって言ってたけど、まさか、これのこと？　あんまり面白くないよ」

「まずは聞いてくれよ。部屋に入って良い？」

部屋に招き入れられる。ポーチはヒゲオに椅子《いす》を勧め、ベッドの端に腰をかけた。ヒゲオは厚意に甘え、座面をまたいで背もたれ側を向き、椅子に座った。

なぜゴミ箱を抱えて悲壮感を漂わせていたのか、ここに至るまでの経緯を伝える。ポーチは親身に耳を傾けてくれた。

話を聞き終えると、彼は、ヒゲオの持参したゴミ箱に視線を向けた。

「……これから消えるんじゃないの？」

「いや、それがさ、一緒に入れたキッチンペーパーは消えたんだ」

「硬いものはなかなか消えないとか？　消化に悪い食べ物みたいにさ」

「こんなに時間がかかるんじゃ凶器消失のトリックは成立しないよ。結論、当てが外れたんだ。考えてみれば刃物が消えるわけがないんだよ。この世界の変化って元に戻ることが前提なんだ。だから消耗品は、ゴミ箱に捨てれば消えて、新しいものが補充される。でも刃物は、消えない。そういう現象なんだよ」

「じゃあ、ヤクザさんは自殺じゃないってこと？」

「いまのところ、そういうことになるね……」

しばし沈黙が漂う。

ヒゲオは伸びをするように両腕を大きくあげ、ポーチに告げた。

「お手上げ！　犯人さんにネタバレして貰わないと真相なんて分かりっこないよ」

「諦《あきら》めるってこと？」

「そうそう、降参。ヤクザさんがグチグチうるさいけどさ、あの人だって真相には辿《たど》り着けないんだから、もう適当に聞き流せば良いよ。じゃあ、俺は報告も兼ねて、コックさんにクレーバーナイフを返してくるよ。またあとでね」

ポーチは不服そうな顔をしていたが、対案が思い浮かばなかったからだろう、何も言い返してくることはなく、黙ったままヒゲオを見送った。

結局、その後も何も分からないまま、時間だけが過ぎていった。


陽が西に傾き、夕食の時間となった。

食堂に全員が揃うと、またもや空気が淀んだ。一対一の時には誰もが普通に話をするのだが、六人では途端に無言になる。ヤクザが機嫌を悪そうにしているせいもあるが、それよりも、牽制《けんせい》する雰囲気が場を占めるのだ。それは、犯人を警戒するといったものではない。誰が口火を切るか、そういったことを探り合っているという状態だった。

といっても不毛な会話程度ならば少しは発生する。

「コックさんよ、この蒸かした芋、美味《うめ》えよ。シャキシャキとした歯応《はごた》えが堪《たま》らねえな」

「あ、ありがとうございます」

しかし、ますます空気が悪くなるだけだった。

居た堪れなくなったのか、突然、ポーチが不自然なほどの笑顔で手を叩いた。

「みなさん、もう犯人を探すのは諦めて、記憶が戻るのを待ちません？　いつまで続くか分からない日常を、こんな雰囲気で送るのは嫌でしょ？　仲良くしましょうよ」

オジョウが白けた表情で軽口を叩く。

「ポーチさんは強いわね」

「僕は年長者だからね……」

そんなやり取りの最中、ヤクザが意を決したように頷いた。

「ポーチさんよ、雰囲気の悪さをどうにかしたいってことには共感する。しかしだ、犯人探しを諦めるってことには反対だ。俺たちは望みを叶《かな》えるためだけに存在する。この望みっていうのは、承知の通り真相を明らかにすることだ。それをないがしろにするわけにはいかねえだろ。この世界を創《つく》った意味がなくなるじゃねえか」

その意見を聞き、ヒゲオは口を挟んだ。

「でも、ヤクザさん、今朝も言いましたけど、ヤクザさんを殺すことは誰にも不可能でした。今日一日、色々な方法を模索しましたけど、犯人探しはもう無理ですよ」

「いいや。あいにくだが、俺には思い当たるふしがある……」

全員が、ヤクザを見る。

ヤクザは注目を集めていることを認めると、ゆっくりと語り始めた。

「ずっと怪しいと思っている奴がいるんだ。いや、怪しいというよりも、こいつでしかあり得ねえ。自供するのを待っていたが、こういう状況になったなら仕方ねえな……」

「不可能犯罪を可能にした方法が分かってるってことですか？」

「それは分からねえ」

「じゃあ、どうやって……」

「ヒゲオよ、お前は天国での事件に拘《こだわ》り過ぎだ。よく考えてみろ。現世での犯人と天国での犯人は同一人物の可能性が極めて高い。そこまでは理解できるよな？　じゃあ、現世の犯人を特定すれば良い」

「そっちのほうが、むしろヒントが少なくありません？」

「いいか、ここは天国だ。俗な言い方をすれば、あの世、ってやつだ。あの世には死んだ瞬間に行くもんだろ？　俺は初めからこいつが犯人だと決めていた。俺たちは、この世界に、死んだ順にやって来ている。つまり、最後に来た奴が犯人だ」

ヒゲオに視線が集中する。ヒゲオは慌てて両手を振った。

「ちょちょちょ、真相がそんな単純なわけないでしょ」

「ヒゲオ、ミステリー映画じゃねえんだ。実際の真相なんて単純なもんなんだよ……」

ヤクザは溜め息をつき、両肘《りょうひじ》をテーブルに置いてからさらに話を続けた。

「この中にいる犯人さんよ、あんたにも事情があったんだろ？　俺はあんたを責めたりしねえよ。安心して、名乗り出てくれ」

「犯人さんって、俺に対して言ってますよね？」

「そんなに慌てんなよ。俺は怒らねえよ」

「絶対に嘘《うそ》。絶対に怒る。ヤクザさんは短気だから」

「怒らねえって言ってんだろうが！」

「ほらー、ほらほらほらー。だいたいね、俺は、ヤクザさんが殺された時、ポーチさんと一緒に応接室にいたんですよ」

ポーチに視線を送り、援護を期待する。ところが、ポーチが何か言うよりも先に、ヤクザが再び話しだした。

「俺の予想だが、ポーチさんよ、その時間に、応接室に行くことになったのは、ヒゲオのほうから誘ってきたんじゃねえか？　そうだろ？」

問われたポーチは、目を泳がせながら、たどたどしく答えた。

「そういえば、ヒゲオさんから、探検に行こうって、誘われたんだった……」

ヤクザが得意げな顔をする。

「ほら見ろ。アリバイ工作に利用したんだ。ヒゲオ、お前は、なんらかのトリックを仕掛けた上で、あえてポーチさんを誘った」

「なんらかのトリックって、ぼんやりし過ぎですよ」

「例えば、お前だけがなぜか持っている目覚まし時計を使ったとかな。タイマーで凶器が飛んでくるとか、悲鳴が再生されるとか、そういう仕掛けを使ったんじゃねえか？」

「いや、目覚まし時計は、昨夜、手に入れたばかりです。ねえ、メイドさん」

メイドに話を振ると、彼女は神妙な顔をした。

「昨夜、ヒゲオ様の様子を目で追っていたのですが、まるで最初から置き場所を知っていたかのように、納戸から目覚まし時計を取り出していました」

「ちょっと待ってよ。メイドさん、それは違うんだって」

続けて、なぜかまたポーチが口を開く。

「納戸といえば、ヒゲオさんの合鍵の見つけ方は、なんか、おかしかった……」

「ポーチさん、なんでそんなこと言うの？」

ヤクザはますます得意げになり、身体を仰《の》け反らせた。

「オジョウとコックさんは、ヒゲオの怪しい行動を見なかったか？」

オジョウとコックが即答する。

「私に罪を擦《なす》り付けようとしていたわ」

「物騒なことを言いながら刃物を借りに来ました」

「嘘でしょ？　どうしてそんな話になるの？」

ヤクザはこちらを指差し、声を張った。

「もう観念しろよ。この世界に最後にやって来た奴が犯人なんだろ？」

ヒゲオは大きく首を横に振った。

「違います。本当に違うんですって」

しかしヤクザは聞く耳を持たず、わざとらしい溜め息をついた。

「この中にいる犯人さんよ。あんたもなかなか悪趣味だよな。現世での殺し方とまったく同じ方法で、俺のことを再び殺したんだからな」

考えを巡らせる。何か上手い反論をしなければ犯人にされてしまう。最悪、拘束でもされて自供を強要されかねない。

ヒゲオは、両手でテーブルを強く叩き、叫んだ。

「あり得ませんね！」

辺りが静かになる。と同時に、頭の中が冴《さ》えわたった。勢い任せに否定してみただけなのだが、よくよく考えてみると、本当に、ヤクザの言い分は整合性が取れていない。

ヤクザが、挑むような目付きをする。

「何があり得ねえんだ？」

ヒゲオは、誇らしげに人差指を立てた。

「ヤクザさんが俺を犯人とする根拠は、この世界に来た順番ですよね？　死んだ順に俺たちはやって来た。そう考えている。でもね、それは、あり得ないんですよ」

「どういうことだ？」

彼は目を細めた。他の人たちは黙り込んでいる。

「ここで少し整理をしましょうか。この世界にやって来た順番です。まず、十二日前にメイドさんがやって来たってことで合ってますか？」

そう言って、メイドを見る。

「はい。その通りですが、お教えしたことはありましたでしょうか？」

「メイドさんは、自力でこの世界の真理に気付き、他の人たちにそのことを説明したと言っていました。要するに最初に来た。そして毎時新聞の最も古いものは七月二十日午前九時号です。本日のは午後九時号なので、十二日前にメイドさんは来たと予想しました。さて、次に来たのは誰ですか？」

コックが、おどおどと手をあげる。

「私が、その二日後に、来たみたいです」

メイドとコックが目配せをし、確認するように頷き合った。

「次は私よ。コックさんの四日後って聞いているわ」

オジョウが言った。続けてヤクザが口を開く。

「その次は俺だな。オジョウの二日後らしい。翌日にポーチさん……」

ヒゲオは、その話の続きを引き取った。

「そしてさらに翌日に、俺が来たってことですね。話をまとめますね。この世界に来た順番は、メイドさん、コックさん、オジョウ、ヤクザさん、ポーチさん、最後に俺ヒゲオ。ヤクザさんは、これがイコール死んだ順番だと主張している。要するに最後に殺されたのはポーチさんだと言っている。ここでヤクザさんに聞きたいんですけど、ヤクザさんは、天国で現世と同じ殺され方をしたと言っていました。現世でも犯人に抵抗したんですか？」

「ん？　ああ、そうだな。左手で刃物を防ごうとした」

「じゃあ、その時にも叫んだんですね」

ヤクザは少し間を置いてから、戸惑いがちに頷いた。

「まあ、あれだ、気合いを入れるために、そうだな、うん、叫んだな」

ヒゲオは口角を引き上げた。

「それが、おかしいんです。この屋敷は防音性が低い。俺の部屋の目覚ましの音が二つ隣のヤクザさんの部屋まで届くほどです。しかも、ヤクザさんの叫び声は屋敷中に響き渡るほど大きかった。ところがですね、ポーチさんは、就寝中に犯人に襲われているんですよ。あんな叫び声を聞いて眠り続けているわけがないでしょ」

　ようやく趣旨を理解したヤクザが即座に反論を口にする。

「薬で眠らされてたんじゃねえか？」

「それも、あり得ませんね。薬を盛られたなら殺された記憶自体が残っていないと思います。それにヤクザさんは起きてたんでしょ？　あと信じて貰えないかも知れませんが、俺も起きている時に襲われています。ポーチさんだけ薬で眠らされるわけがない。要するにね、死んだ順番と、この世界に来た順番は、相関性がないんですよ。せいぜい気合いを入れた順とか、そんなところじゃないですかね。犯人が最後に死んだっていうことは同意しますが、ヤクザさんの証言が真実だとするならば、最後に殺されたのはポーチさんではなく、ヤクザさん、あなただ」

　ヤクザは短い唸り声をあげたが、それでも挑む姿勢を緩めなかった。

「ヒゲオ、お前はいつポーチさんから死に様を聞いたんだ？　そして、何を根拠にそれを真実だとしたんだ。ポーチさんが嘘をついているかも知れねえ。または、勘違いをしている可能性もある。そう思わねえか？」

彼はポーチを睨《にら》んだ。ポーチは突然の展開に狼狽《うろた》えていた。

ヒゲオが、問いに答える。

「ポーチさんから死んだ際の話を聞いたのは昨日です。記憶を呼び戻す過程が俺の体験と酷似していたので嘘はついていないと判断しました。ただ、そうですね、勘違いの可能性は否《いな》めない。ポーチさん、どうなの？」

ポーチはヒゲオとヤクザの顔を交互に繰り返し見つめた。

「え？　僕？　僕が責められるの？」

ヒゲオとヤクザは同時にポーチのことを指差し、声を揃えた。

「ポーチさん、どう殺されたの！」

ポーチは狼狽えながらも、こめかみを押さえ、強く目を閉じた。

「あの日、外は雨が降っていたんだ。屋内は、どこもかしこも薄暗くって、何もすることがなかった僕は、そう、早めに布団に潜ったと思う。眠っていると、胸の辺りに重みを感じた。それで、目を覚ましたんだ……」

全員、聞き入っている。ポーチが続きを語る。

「人影が、目の前にあった。本当に影だった。顔は分からなかった。その影は仰向けの僕の上で覆《おお》い被《かぶ》さるような姿勢をしていた。左手を僕の胸の上に置き、右手を、そうだ、右手に刃物を持っていた、その右手を振り上げていたんだ。次の瞬間……」

コポリ、と湿った音が鳴った。ポーチが口から大量の血を吐き出したのだった。それだけではなく、喉元《のどもと》に真一文字の亀裂が走っていた。その亀裂は、次第に太くなり、深くなり、やがて首の組織が赤裸々に露《あら》わになった。だくだくと、血が流れ出る。

ポーチは椅子から転げ落ち、床の上に倒れた。

オジョウが悲鳴をあげる。メイドとコックが身体《からだ》を震わせる。ヒゲオとヤクザは、仰向けに倒れるポーチの横にしゃがみ込んだ。

「しっかりして！　ポーチさん、気合いを入れて！」

ポーチの身体を揺さぶる。すると、彼は何事もなかったかのように上体を起こした。

「うん。僕は、やっぱり寝ている時に襲われたみたいだね」

「いまはそれどころじゃないでしょ。ポーチさん、死んでたよ？」

「ね。死んだね。僕もびっくりしたよ」

その暢気《のんき》な顔を見ていると、笑いが込み上げてきた。

ヒゲオは立ち上がり、腹を抱え、大声を出して笑った。

そして最後に、こう言った。

「くだらない真相だ」

メイドが首を傾げる。

「どういうことでしょう？」

ポーチに手を差し伸べ、引き起こして椅子に座らせる。ヤクザも席に戻る。全員が落ち着いて座っているのを確認してから、ヒゲオは、緩慢に歩き始めた。

「こっちの世界に来たばかりのことなんですけどね、自分の身に何が起きたのか思い出すために、殺された瞬間のことを、目を閉じて強く考えたんです。そうしたら、首に痛みが走ってわずかに出血しました。その時は、まだ傷が完全に塞《ふさ》がっていないのだと考えたんですが、いま思うと、そんなわけないんですよね。この世界では傷はすぐに治るんですから。では、何が起きたのか。いまのポーチさんを見て、分かりません？」

五人の顔を見る。考え込んでいるようだ。そこで人差指を立てて説明をする。

「この世界は、加えて言うならば、俺たちの状態は、精神に依存している。気合いを入れただけで生き返るんですから間違いないでしょう。気合いで生き返る。ならば、その逆も然《しか》り。俺たちは、死んだ時のことを強く考えると、死んでしまうんです」

動揺が広まっているのが見て取れる。ヒゲオは微かに笑った。

「さて、本題のヤクザさんの死についてですが、ヤクザさんは、昨日の朝、悪夢を見たと言っていました。土砂降りの雨が降る中、暗い部屋に一人でいるという夢です。土砂降りという状況、これは俺たちが現世で殺された時のことでしょう。ちょっと言いにくいんですが、ヤクザさんは繊細なところがある。おそらく、いまの状況に精神的に疲弊して、殺された時のことを夢に見たのだと思います。そして朝食を終えた後、客室に戻って眠っている時に、夢の続きを見た。もちろんそれは、殺される瞬間の夢です。結果、ヤクザさんの首は、斬れた。要するにヤクザさんを殺した犯人は、悪夢です」

　ヤクザが、あからさまに狼狽えながら、呟く。

「悪夢？　そんなわけねえだろ……」

　そんなヤクザの顔を指差す。

「それじゃあ聞きますけど、ヤクザさんがこの天国で殺された時、部屋の中は明るかったですか？　それとも暗かったですか？」

　彼は、焦点の定まらない目を見開いたまま、ぽつりと零《こぼ》した。

「く、暗かった……」

　ヒゲオは捲《まく》し立てる。

「そんなわけないでしょ。ヤクザさんの部屋は北側とはいえ、あの時、部屋の中は窓からの光で明るかった。殺された時に部屋が暗かったのだとしたら、それは、天国でのことではなく、悪夢の、悪夢の出来事です」

　誰も何も言わない。ヒゲオは全員の顔を見渡し、両手を広げて静かに述べた。

「異論、ありますか？」

　食堂内に、静寂が漂う。

　しばらくすると、ヤクザがうつむいた。

「わ、悪かった。まだ、いまいち、受け止め切れてねえが、どうやら、そうだな、悪い夢を見てたみてえだ。こんなことで迷惑をかけて、申し訳なかった……」

彼の隣に座るポーチが、人懐《なつ》っこい笑顔を見せる。

「平気だよ。もう解決したんだから気にしないで良いよ。僕はね、思ったんだ。この天国に、この天国で、殺人をする人なんていないってね」

複雑な気持ちになる。他の人に視線を向けると、同じような心境なのか、暗い顔をしていた。それでも誰も野暮なことは言わなかった。

ポーチは大きく手を叩いた。

「さて、みなさん、これからは仲良くしましょうね」

そして、指で四角い枠を作って、そこからこちらを見つめてきた。

「……それにしてもヒゲオさん、本当に名探偵みたいだよ」

ヒゲオは肩をすくめた。

「演じてるだけだよ。ところでさ、ポーチさんって、よくそのポーズするよね。生前はカメラマンだったんじゃないの？」

「カメラマンって、これ？」

彼はシャッターを切るジェスチャーをし、それから、首を傾げた。

「……僕は、カメラマンではないと思うよ。どちらかと言えば、動いている画《え》を撮りたいかな……そうだ、僕は、僕は、映画を撮りたかった、映画を、撮りたいんだ」

ヤクザが穏やかな声色で独り言を口にする。

「ここは望みを叶える世界だ。どうにかなんねえのかな」

ヒゲオはメイドのほうを向いた。

「メイドさん、この屋敷にビデオカメラってないんですか？」

「ビデオカメラはございません。テレビさえ置いていない屋敷ですので」

やり取りを聞いたポーチは寂しげな顔をした。

「仕方ないよね……ビデオカメラさえあればなあ……」

その時、どこかから音がした。ガシャンッという何かが倒れたような音だ。六人は息を潜めた。他に何者かが存在するのか。その可能性が頭を過《よぎ》った。

コックが背中を丸めて囁《ささや》く。

「納戸のほうから聞こえてきました」

全員、同時に頷いて、暗黙の了解でもって確認をしに行くこととなった。

六人で慎重に歩を進め、ホールを抜け、納戸の前に立つ。

それから静かに扉を開け、電気を点ける。

納戸の中央には、ビデオカメラと、倒れた三脚が置いてあった。

五、長閑《のどか》な時間

ヒゲオは青空を見上げながら独りごちた。

「なんで、犯人はあんな凶器を使ったんだろ……」

現世の殺人において使われた凶器はクレーバーナイフで間違いない。犯人は、あのナタのような鋭利な刃物で、ヒゲオの首を掻《か》き斬《き》り、ヤクザの首を叩《たた》き斬った。そう考えるのが妥当だ。しかし、なぜそのような方法を選択したのか。ただ殺すだけならば、普通の包丁などのほうが便利に思える。腹や胸を刺すほうが明らかに楽だ。もしかすると、首を斬ること自体が目的だったのだろうか。そのために、クレーバーナイフを厨房《ちゅうぼう》まで取りに行った。あれほど目立つ場所に置いてあるのなら、すぐに見つかったことだろう。

「いや、逆だ。やっぱり殺すことが目的だ……」

そう呟《つぶや》いた時、声がした。

「漂着遺体、発見」

それはオジョウの声だった。彼女は腰に両手をあてて、こちらを見下ろしていた。その姿は、蛍光オレンジの小さなビキニだ。

ヒゲオたちは、海に来ていた。

「漂着遺体って俺のこと？　酷《ひど》い言い草だなあ」

エアーマットに仰向けに寝転がって先程まで水面をプカプカとしていたのだが、考え事をしているうちに岸に流れ着いてしまっていたようだ。

「ヒゲオさん、せっかく海に来たんだから事件のことは忘れなさいよ」

「そうは言っても、俺たちの悲願はだね……」

「あー、もう聞きたくない聞きたくない。今日の目的は遊ぶことでしょ？」

オジョウの言う通りだった。今日は、話し合いの結果、遊ぶためだけに海に来たのだ。

事の発端は、昨夜に遡《さかのぼ》る。

ヤクザ殺害事件が解決した後、ポーチがビデオカメラを所望すると、納戸《なんど》に、理想通りのビデオカメラが現れたのだった。ヒゲオが体験した目覚まし時計と合鍵《あいかぎ》の出現現象も併せると、納戸には望む物が現れる、という可能性が考えられた。その旨《むね》を階段ホールにて全員に伝えると、さっそくヤクザが、お参りでもするかのように納戸に向かって手を合わせ、「万年筆をくれ」と述べた。すると見事に、その願望が叶《かな》った。納戸の扉を開けて電気を点《つ》けると、床の中央にインクの充塡《じゅうてん》された黒い万年筆が置いてあったのだ。

望みを叶える世界。その呼び名は伊達《だて》ではない。とはいえ、欲望のまま無作為に出現現象を利用すれば、瞬《またた》く間に屋敷は物で溢《あふ》れ返ってしまう。そこで話し合いが行なわれ、優先度の高い物だけを全員の同意の上で出現させること、という規則が設けられた。そうして、いまの自分たちに最も必要なものは、水着、という結論に達した。

話し合いに参加した男性Ｙの証言。

「ここはな、綺麗《きれい》な海に囲まれた孤島だ。泳がねえなんてもったいねえだろ」

話し合いに参加した女性Ｏの証言。

「天国屋敷は海辺のリゾート地に建つ洋館よ？　正しい用途で利用しないとダメよ」

話し合いに参加した男性Ｐの証言。

「画的に映えるものを撮りたいんだよね。だから、少しは色気が欲しいかな」

規則を設けたところで欲望は垂れ流しだ。

水着が本当に必要なのかどうか疑問は残るものの、その程度ならばかさ張ることはないと考え、異論は唱えなかった。ところが蓋《ふた》を開けてみると、いや、納戸の扉を開けてみると、そこには水着だけではなく、浮き輪、ビーチボール、エアーマット、果てはデッキチェアからビーチパラソルに至るまで、海で遊ぶための道具が一式揃《そろ》っていたのだった。誰がそれらの道具を欲したのか、それを特定するのは殺人犯を探すよりも困難だ。仮に特定できたとしても、すでに湧《わ》いてしまった道具を消す方法が分からない。結局、それらの道具を使って明日は遊ぼう、という話になった。

ヒゲオ、オジョウ、ポーチ、ヤクザの四人は、朝食を終えるとすぐ海岸に来た。メイドとコックは片付けをするために屋敷に残っている。

ヒゲオはエアーマットに寝そべったまま改めて空を見上げた。

「……遊びたいという望みは叶った。考えてみるとさ、事件の日は大雨だったのに、こっちの世界はいつも晴れだよな。これも俺たちの望みによるものなのかね」

傍らに立つオジョウも空を仰ぐ。

「そうでしょうね。晴れ間を見たいという共通認識がこの空を創《つく》ったのよ」

そして、眩《まぶ》しそうに手をかざした。

そんな彼女にカメラを向ける人物がいた。もちろんポーチだ。

「オジョウさんも画《え》になるね。ヒゲオさんに負けてないよ」

彼の持っているビデオカメラはポータブルタイプの民生機だ。ただしポーチ曰《いわ》く、4K対応の高解像かつ色域の広い機種で、個人で映像作品を作るには十分な性能だそうだ。

オジョウが、両腕を頭の後ろに回し、カメラに向かってポージングする。

「映画の主演は私かしら」

ヒゲオはその様子を見上げながら惚《とぼ》けた調子で述べた。

「オジョウの水着ってさ、一昔前のグラビアアイドルみたいだよな。ほら、ビールのポスターとかにあったやつ。そういうの本当に着る人っていたんだな」

彼女は腕を下ろして眉間《みけん》に皺《しわ》を寄せた。

「ヒゲオさんって、どうして余計なことを言うのかしら。そういう特殊技能なの？　どこかで資格でも取得してきたの？」

「……あ、ごめん。でもさ、君も大概だと思うよ」

「まあまあまあ、二人とも喧嘩《けんか》しないでよ。もうすぐさ、ヤクザさんがまた挑戦するみたいだから、それをみんなで応援しようよ」

そう言ってポーチはカメラを沖のほうへ向けた。そこには、サーフボードの上で、産まれたての山羊《やぎ》のように脚を震わせているヤクザがいた。

ヤクザがこちらを指差す。

「おーい！　みんな、ちゃんと見とけよ。今度こそギャアアアア……」

彼は、波に飲まれた。

ヒゲオは呆《あき》れ気味に述べた。

「サーフィンって、ああいうスポーツだったっけ？」

オジョウが問いに答える。

「暑いから水に潜ったんじゃないかしら」

しばらくすると、ヤクザがサーフボードを抱えて駆け寄ってきた。

「おい、なんだよその白けた顔は。もっと真面目《まじめ》に応援しろよ。お前らが、俺のことをサーファーって言い始めたんだろうがよ！」

ヒゲオはうつ伏せになり、肘《ひじ》をついて顔を上げた。

「いや、断定はしてないですよ。ヤクザさんって性格がヤクザっぽくないから、見た目から生前の職業を予想しただけじゃないですか」

「そうよ。見た目だけならサーファーっぽいのよね、髪型とか」

ヤクザは不服そうな顔をした。

ポーチが、そんな彼を宥《なだ》めるように、笑顔で言う。

「安心してよ、ヤクザさん。ちゃんと良い画は撮れたから」

その言葉が追い打ちとなったのか、ヤクザはますます不機嫌そうな顔をした。

「今度こそな、見事な雄姿を見せてやるよ。ポーチさん、良いところを撮ってくれよ」

ヤクザは去っていった。ポーチがその後を追う。

静かになると、オジョウが遠くを見ながら呟いた。

「あ、メイドさんとコックさんだわ……」

彼女の視線の先には、砂利道をこちらに向かって歩いてくる二人の姿があった。

「意外だね。海には来ないと思ってたよ」

そう言うと、オジョウがヒゲオの隣に寝そべり、顔を近付けて囁《ささや》いてきた。

「ねえ、あの二人って怪しくない？」

「怪しいって、共犯ってこと？」

「もー、どうしてそういう話になるのよ。違うわよ。あの二人って、いつも一緒にいるのよ。付き合ってるんじゃないかしら」

「付き合ってるって、まだ二週間程度しか一緒にいないだろ」

「生前よ。生前は恋人同士だったんじゃないかしら」

「ああ、それならあり得る……」

そこまで言って、ふと思い出した。

「そうだ、生前と言えば、オジョウって、天国屋敷の住人だったんじゃないかな。さすがに色々と詳し過ぎると思うんだよね」

「私が？　ヒゲオさん、天国屋敷には住人が三人しかいないでしょ。主人の国沢秋夫と息子の春斗、あとはメイドさん。私がいたわけないじゃないの」

「マスコミには知られていない隠し子だよ。考えてみなよ。息子の春斗は四十代後半の可能性もあるんだ。オジョウのような十代の娘がいたとしても不思議じゃないよ」

「それだと、年齢的に私の父親はポーチさんってことになっちゃうわ。なんか嫌よ」

「なんでだよ。ポーチさん、凄《すご》い良い人だよ？」

「良い人なのは分かってるけど、ちょっと抜けてるじゃない……」

オジョウがそう言った時、頭上から声が降ってきた。

「一つのマットに二人で寝るなんて、仲が宜《よろ》しいのですね」

いつの間にか、すぐ近くにクーラーボックスを抱えたメイドが立っていた。

ヒゲオは立ち上がり、慌《あわ》てて弁解した。

「いや、それがね、まったく仲が良くないんですよ。びっくりするくらい」

メイドは微《かす》かに笑みを浮かべ、デッキチェアの近くにクーラーボックスを下ろした。

「冷たい飲み物をお持ちしました。皆様で召し上がってください」

「あ、ありがとうございます……」

メイドの動きを目で追う。彼女はフリルの付いた黒いセパレート水着を着ていた。メイド服姿の時には華奢《きゃしゃ》な印象だったが、水着では、どちらかといえばふっくらとして見える。スタイルが良いというわけではないが、女性的な容姿だ。それにしても、

「メイドさん、どうして頭の飾りを着けたままなんですか？」

彼女は不思議そうな顔をして、頭に手をあてた。

「ホワイトブリムのことでしょうか？」

「そういう名称なんですね。知らなかった。で、なんで？」

「アイデンティティ、と言えば良いですかね。メイドを表す記号として、手放してはならないという気がしました」

いまいち納得がいかないながらも適当に頷《うなず》き、次は、コックに視線を向ける。

「ふーん、それで、コックさんも、そんな格好なんですか？」

コックはブリーフタイプの水着を穿《は》いていた。他の男性陣がラフなハーフパンツスタイルなのに対し、彼だけはピッチリだ。そして、その頭にはコック帽が載っていた。

「私にとってコック帽は誇りですから」

「なるほどね」

と、相槌《あいづち》を打ってはみたものの、やはり二人の価値観は理解し難い。ヒゲオは改めてメイドのほうを向き、まじまじと不自然な格好を見つめた。

すると、オジョウが会話に入ってきた。

「いやらしい目でメイドさんを見ないでちょうだい。メイドさんは私の物なんだから」

彼女はメイドに後ろから抱きついた。メイドは表情を変えない。

「君たちがそんな親密な仲とは知らなかったよ」

「だって、メイドさんって可愛《かわい》らしいんですもの。だから、わ、た、し、の、物」

オジョウは妖《あや》しい目付きでこちらを見据えた。

その言動を受けて、なぜか、コックが口を挟む。

「いいえ。メイドさんは、私のものですよ」

一瞬、空気が固まる。

ヒゲオはわざとらしく笑った。

「アハハ、コックさんもそういう冗談を言うんですね……」

「いえ、冗談とかではなくて、メイドさんほど優秀な給仕はいません。いつも私のサポートをしてくれるのですよ。共に働く仲間として手放したくはないですね」

「あ、ああ、そういう意味ですか。びっくりしたあ」

オジョウと視線を送り合い、二人して小さく肩をすくめる。

メイドは、澄ました顔で、コックに一礼をした。

そんなやり取りをしていると、遠くからヤクザの声が聞こえてきた。

「ギャァァァァ……」

一同、そちらに視線を向ける。加えて、メイドが呟く。

「あれは、何をしていらっしゃるのですか？」

「サーフィンらしいですよ」

しばらくすると、また、ヤクザがサーフボードを抱えて駆け寄ってきた。

「見たか！　少し上達したぞ！」

白けた面持ちで応じる。

「あ、ごめんなさい。落ちるところしか見てなかったです。あの、それと、挑戦を終える度にわざわざここまで戻ってこなくても良いですよ」

「あ？　ヒゲオ、お前は本当にうるせえな！」

そう悪態をついてから、ヤクザは周りを見回し、呼吸を整えて話を続けた。

「……よし、六人みんな揃ったみてえだな。じゃあ、三対三のビーチバレーをするぞ。負けたほうは昼飯の準備をするってことで、どうだ？」


結論を言えば、大敗だった。

ヒゲオ、メイド、コックのチーム、対するは、ヤクザ、オジョウ、ポーチのチーム。相手は三十代半ば以上と思われる男性二人と十代後半と思われる女性一人。それに比べてこちらは、かろうじて三人とも二十代の可能性がある組み合わせだ。体力的なことを考えれば有利に思えた。ところが、意外にも最年長かつ太っているポーチが機敏だった。二十一点を先取したほうが勝ちのワンセットマッチにおいて、ヒゲオを擁するチームは、ほとんど点を得られないまま負けを喫した。

勝利チームからの提案により、昼食は海辺で食べられるジャンクフードにすることが決まった。コックが調理をするのではなく、納戸に取り寄せる手《て》筈《はず》だ。

「じゃあ、俺が食べ物を取ってきますね」

ヒゲオはそう言って、さっそく一人で屋敷へ向かおうとした。日頃はメイドとコックが雑務を行なっている。こんな日くらいは休んで貰《もら》おうと、気を遣ったのだ。

ところが、ヤクザが余計なことをした。

「悪いな。どうしてもビールが飲みたくなって、大量に発注しちまったかも知れねえ。わざとじゃねえんだよ。思わず、納戸に向かって念じちまったんだ……」

その発言により、メイドがついてくる。

「荷物が多いようですから、私もご一緒しますね」

続けて、コックも手をあげる。

「それなら私も一緒に行きますよ」

こうなってしまったならば、負けたチーム一丸となって荷物運びをしたほうが良さそうだ。そう思った時、メイドが冷めた表情でコックのほうを向いた。

「いいえ。二人もいれば十分だと思います。コック様は海辺でお休みください」

コックは一瞬だけ戸惑った顔をし、それから愛想笑いを浮かべた。

「え、ええ、では、お言葉に甘えさせて貰おうかな……」

そうして、メイドと二人きりで、屋敷へと戻ることになった。

砂利道の上を歩く。メイドは無言だった。ちらとその顔を窺《うかが》っても、いつも通り表情は乏しく、何を考えているのか分からない。

気まずさを覚え、ヒゲオは適当に話を振った。

「メイドさんは海に来ないと思ってました。ましてやビーチバレーに参加するなんて」

彼女は進行方向を見つめたまま口を開いた。

「どうしてそのように思われるのですか？　私も遊ぶことくらいはします」

「そりゃ、まあ、そうなんでしょうけど、なんとなく……」

ますます気まずい。またもや無言の時間に突入する。

その後、屋敷が見えてきたところで、ヒゲオは再度メイドへの声かけに挑戦した。

「そういえば、なんで、さっきはコックさんの申し出を断ったんですか？」

「コック様にもお伝えした通り二人で十分だと考えたからです」

そう言う彼女のことを指差し、くだけた調子で問う。

「本当にそれだけですかあ？」

「どういう意図のご質問でしょう？」

「いつもメイドさんはコックさんと一緒に行動してるみたいだから、荷物運びも一緒にしたいんじゃないかなって思ったんですよ。喧嘩でもしました？」

「いいえ、しておりません。日頃、私がコック様と行動を共にするのは、あの方を見ていると心配になるからです。お手伝いの必要がないのであれば一緒にはいませんよ」

確かに下手にコックを放置すれば厨房で火事でも起こされかねない。

「まあ、その言い分は理解できなくもないですけど……」

「けど？」

メイドはこちらを向いて首を傾《かし》げた。その目は探るような気配を持っていた。

言い回しを失敗した。そうは思いつつも、取り立てて隠すことでもないと考え、オジョウと話した内容を伝えることにする。

「いや、実はね、オジョウと生前の予想をしたんですよ。それで、メイドさんとコックさんは、かつて交際をしていたんじゃないかって話になりまして」

彼女は一瞬だけ考える素振りをした。それから、じっとこちらを見つめた。

「その可能性はございません」

「断言するんですね」

「はい。あの方に興味がないのです。むしろ、私は……」

そう言うと、突然、メイドは抱きついてきた。

「ちょ、ちょっと、え？　何してんの？」

松林の青い香りと庭園のバラの香りが混ざり合う境界で、胸に、熱い体温を感じる。と同時に、頭の片隅に一つの可能性が浮かんだ。

生前に交際をしていたのは自分とメイドなのかも知れない。

それは確証のない妄想とも言える。しかし抱擁に応じることを許す理由にはなり得る気がして、ヒゲオは、彼女の背中へ腕を回そうとした。ところがその時、強く突き放されてしまった。からかわれただけだったようだ。そう思い、彼女の顔を窺う。

その表情は、明らかに怯《おび》えていた。メイドは震える唇で小さく言葉を紡《つむ》いだ。

「あなたは、誰……」

「は？　今更？」

即座に聞き返したが、彼女は視線を落として首を横に振るだけだった。

「違う、何かが、違う……」

ガタガタと全身を震わせている。ヒゲオはそんな彼女の両肩を押さえた。

「しっかりしてください、メイドさん」

メイドは、幾分か冷静さを取り戻したのか、背筋を伸ばして頭を下げた。

「ごめんなさい。記憶が混乱してしまって……申し訳ございません。気分が優れないので本日はもう部屋に戻ります。皆様にも、そのようにお伝えください」

「あ、ああ、はい、分かりました。食事の準備はお任せください。お大事に」

メイドは一歩後退《あとずさ》り、腹の前で両手を重ねると、改めて深々と頭を下げた。そして、屋敷に向かって駆けていった。

結局、当初の予定通り、ヒゲオは一人で食べ物を運ぶこととなった。

納戸の扉を開けると、そこにはカップラーメンやレトルトカレー、スナック菓子などが大量に置いてあった。加えて、缶ビールの詰まった段ボールがいくつも積んであった。さすがに頼み過ぎだ。六人で飲み食いする量ではない。そうは思うものの、そこから各人の好みそうなものを選ぶのが面倒なので、とりあえず、すべてを台車に載せる。

海辺に戻ると、拍手で迎えられた。ただしコックだけは、心配そうな顔をしてメイドの不在について尋ねてきた。その問いに、簡潔に答える。

「……体調が良くないみたいで、メイドさんは先に部屋に戻りましたよ」

すると、賑《にぎ》やかな雰囲気にわずかに影が差した。

ポーチとオジョウが小声で言葉を交わす。

「天国でも具合が悪くなることなんてあるんだね」

「精神の影響を受けやすいんだから、むしろ身体《からだ》を壊しやすいとも言えるわ」

一理ある。死に様を想《おも》うだけで死に至るのだから、この世界においては事故や病気よりもメンタルコントロールのほうが重大事だ。

「ちょっと気になるので、様子を見てきますね」

コックが言った。そんな彼に対し、オジョウが呆れ気味に言う。

「男性が様子を見に行っても何もできないでしょ。私が行ってくるわね」

彼女は薄手のパーカーを羽織り、屋敷に向かった。

男性たちのみが残される。微かに居心地の悪い静けさが降りる。

そんな中、ヤクザが提案を口にした。

「飯を食ったら帰るとするか」

全員、黙ったまま曖昧《あいまい》に頷いた。

屋敷に戻ると、ヒゲオは自室にこもった。

速やかに着替えを終え、ベッドに横たわる。海に入ったのでシャワーを浴びたいとも思ったが、すでに身体は清潔な状態に戻っているようで、ベタつきも、磯《いそ》の香りも、まったく残っていなかった。ただし、彼女の感触は。

メイドとの出来事を思い返す。メイドのあの行動と発言には、どういう意味があったのだろう。生前に、彼女との間に何かがあったと考えるのが妥当だ。しかし、何も思い出せない。記憶を引きずり出すための記号を求め、目を閉じて、考えを巡らせる。

やがて、朝から遊んでいたためか、眠気が襲ってきた。

夢と現実が混ざり合うまどろみの中、純白の服を着た二人の人物が見える。二人は幸せそうに笑っている。辺りには拍手の音が響いている。

その映像にノイズが走り、シーンが変わる。ここは薄暗い部屋だ。燭台《しょくだい》型のウォールライトに照らされて、一人の人物の姿が浮かび上がる。人物は鏡の中にいる。よく知っている顔だ。その人物に対して疑問を投げかける。

すると、返事があった。

――ささやかな祝福のためだよ。

その手には、鈍く光るクレーバーナイフが握られていた。

扉を叩く音が聞こえる。ヒゲオは目を覚まし、慌てて上体を起こした。

「痛《い》ってえ……」

わずかに喉《のど》が裂けてしまったらしく、軽く咳《せき》をすると、口の中に血の味が広がった。

再び扉を叩く音が聞こえてくる。この音は夢の中のものではなかったようだ。ヒゲオは立ち上がり、扉を開けた。そこには、ポーチが立っていた。

「あ、ヒゲオさん、寝てた？　ごめんね、起こしちゃったみたいだね」

「いや、助かったよ。変な夢を見て危うく首が斬れるところだった」

「じゃあ、僕は命の恩人だね」

そう言って彼は笑った。

「で、ポーチさん、どうしたの？」

「ああ、いまね、ヤクザさんとコックさんと一緒に、納戸の実験をしてるんだ。ヒゲオさんも参加したいかなって思って誘いに来たんだ」

ヒゲオは適当に頷き、ポーチの後についていくことにした。

納戸の前に着くと、そこは物が溢れ返っていた。テレビ、冷蔵庫、原付バイク、ホワイトボード、何冊もの書籍類、西瓜《すいか》や林檎《りんご》、そういったものが無造作に積まれている。

「ちょちょちょ、これ、どういうこと？」

誰に言うでもなく、そうぼやくと、手帳に何かを書き込んでいたヤクザが、こちらを向いて誇らしげに笑った。

「おう、ヒゲオも来たか。だいたい納戸の特性が摑《つか》めてきたぞ」

「特性って、それ以前に、これどうするんですか？　勝手に物を出現させないって決めたじゃないですか。こんなに散らかして、メイドさんが嫌な顔すると思いますよ」

「実験のための犠牲だ。真相解明に役立てる方法を探してたんだよ」

「で、役立てられそうなんですか？」

呆れながら尋ねると、ヤクザは難しい顔をした。

「いまのところ役立てるのは無理かもな。まあ、俺の説明を聞いてくれよ」

ヤクザは、手帳に視線を落とした。

彼の説明によれば——

一、大き過ぎる物は出現しない。具体的には扉の大きさが限界の基準となる。バイクや冷蔵庫は現れたが、自動車やプレハブは現れなかったそうだ。

一、存在しない物は出現しない。例えば、何でも貫く矛やタイムマシンなどは無理だ。よって、未来の新聞で真相を知ることはできない。

一、知らない物、知識が乏しい物、これらも出現しない。犯人の顔写真、読んだことのない書籍、某国の兵器、いずれも出現させることは不可能だったらしい。

一、生き物は、基本的には出現しない。犬や猫といった動物は完全に不可能。植物については、実、花、葉といったパーツごとの出現は可能だが、苗など根付きのものは、仮に食べることが目的だったとしても、入手できない。

一、通信機器は出現させることはできるが、電波の送受信はできない。タブレット、パソコン、テレビ、いずれも電源は入るもののスタンドアロンの使用に限定される。

一、敷地内に初めから存在する物は現在の場所から納戸へと移動するだけ。合鍵の現れ方がこれに該当する。つまり備品を無限に増殖させることは不可能だ。

ヤクザは説明を終えると、意見を求めてきた。

口元を押さえ、唸《うな》り声をあげる。

「……うーん、考え得る限りの裏技は封じられてるって感じですね」

そう答えると、彼も同じことを思っていたのか、しみじみと何度も頷いた。

「そうなんだよな。昨日は凄《すさ》まじい魔法の力を手に入れたと思ったが、実際には、現世で馴染《なじ》みのあったものを天国に取り寄せる、その程度のことしかできねえ」

「まあ、俺たちは衣服以外の私物を現世に置いてきてしまったみたいですし、愛用の枕《まくら》じゃないと熟睡できない人にとっては都合が良いんじゃないですかね」

投げやりに言うと、ヤクザは万年筆の先で手帳を叩いた。

「さて、次の実験に取り掛かるぞ」

「ヤクザさん、まだ何か取り寄せるんですか？」

彼はまた誇らしげに笑った。

「この屋敷には足りねえものがある。食料は冷蔵庫に補充されるが、俺たちが死んだ時の再現らしく毎日同じものだ。大事なものがねえんだよ。ここは海辺の屋敷なのにな」

「大事なもの？　それって……」

「果物や野菜など植物のパーツは出現する。ならば、動物はどうだ？　この屋敷に足りねえもの、それは、生魚だ。ここには刺身がねえんだよ！」

ヒゲオは眉根《まゆね》を寄せ、「いい加減にしてください」と前置きをしてから訴えた。

「どうしてそれを水着よりも先に提案しなかったんですか。刺身、良いですね。マグロが良いですよ。大トロ盛り合わせでも召喚しましょう」

ポーチとコックの同意も得て、さっそく取り寄せを開始する。四人は納戸の扉に向かって手を合わせ、「マグロ、マグロ……」と連呼した。完全に怪しい儀式だ。

やがて、納戸の中から、低く鈍い音が聞こえてきた。

扉を開けると、そこには想像していたものとは違うものが出現していた。

「マグロだ……」

　ポーチがカメラを構えながら呟いた。彼の言う通り確かにマグロだったのだが、それは切り身の状態ではなく、まるごと一匹だった。体長二メートルを超す大物だ。

「いや、俺はお造りをイメージしたんですけどね」

「俺だってこんなデカいもんは想像してねえよ」

　誰が欲したのかと意見を交換する中、コックがおどおどと手をあげた。

「実は私が望みました。料理人としては素材の状態で入手したいと思いまして……」

　一同、顔を見合わせる。すでにマグロが湧いてしまった以上、どうにか処理をしなければならない。そうして、解体方法などについて議論が紛糾した。

　しばらくすると、食堂の扉が開き、メイドが顔を出した。

「随分と賑やかですね……すみません。これは、どういうことですか？」

　メイドは乱雑に積み重なる荷物を見て微かに頬をひくつかせた。たぶん、怒っている。

　そんな彼女に、ヒゲオは戸惑いがちに声をかけた。

「メイドさん、もう具合は良いんですか？」

　すると、彼女の背後からオジョウが顔を出した。

「私が屋敷に戻った時には、すでにメイドさんは元気だったわよ」

「ああ、それは良かった」

軽く胸を撫《な》で下ろす。しかし、メイドは冷ややかな視線を向けてきた。

「それで、私の、質問には、お答え、くださらないのですか？」

「あの、これは俺のせいじゃないです……」

「繰り返します。私の質問にはお答えくださらないのですか？」

「あ、ごめんなさい。納戸の実験をしていたら、こんなことになってしまったみたいでして、その上、さらに巨大なマグロが控えています……」

　解《げ》せないと思いながらも、ヒゲオは繰り返しメイドに謝罪をした。


　マグロの解体を終えた時には、すっかり陽が落ちていた。幸いにも、すでに出現させてあった大きな冷蔵庫がマグロ保管用として役立った。何日分の食料になるのか定かではないが、差し当たり、急いで消費しなくても済みそうだ。

　食事の時間になり、刺身の並んだテーブルを、全員で囲む。テーブルの傍らには起動中のビデオカメラが三脚で固定されている。

　オジョウが、刺身を摘《つま》みながら、そのレンズを一瞥《いちべつ》した。

「ねえ、食事風景まで撮影するの？」

　ポーチが口の中のものを飲み込んで細かく頷く。

「天国でのことを、あますことなく撮影したいと思ってるんだ」

「それって映画になるのかしら」

「そうだねえ、天使たちのドキュメント映画って感じかな」

　オジョウは鼻で笑った。

「天使たちって何よ」

「ここは天国だろ。じゃあ、住人である僕たちは天使かなって思ってね」

　その言葉を聞いて、ヤクザが口を挟む。

「天使か。良い表現だな……」

　ヤクザの外見は天使からほど遠い。ただし、だいぶ酔っているせいか、彼は背中から羽でも生やしそうなほど穏やかな表情をしていた。

「俺たちは天使に違《ちげ》えねえ。天啓を受けて使命に従ってるんだ。その使命は、望みを叶えることだ。そこで思ったことがあるんだけどよ、みんな、聞いてくれるか？」

　全員、頷く。ヤクザはビールで喉を湿らせ、それから語り始めた。

「俺はサーファーじゃねえな。今日一日でセンスがねえってことが分かった。でな、納戸の実験をして思ったんだ。どうやら俺は調べ物が好きらしい。そのことに気付いたら芋づる式に記憶の一部が蘇《よみがえ》った。俺は、生前は、ジャーナリストだった。屋敷の主である国沢秋夫のことを知っているのは俺だけだっただろ？　その理由は、俺にとって国沢秋夫は憧《あこが》れの人物だったからだ。自分の名前よりも忘れられねえ、それほど俺に影響を与えた髭面《ひげづら》の爺《じい》さん。俺はあいつのようになりてえ。スクープ王になることが夢なんだ。まだ誰にも認知されてねえ事実を突き止めて記事にしてえんだよ……」

元々饒舌《じょうぜつ》なヤクザは、酒の力によって、輪をかけて多弁になっていた。

彼は、ポーチの肩に手を置いた。

「ポーチさんよ。ポーチさんは映画を撮りてえんだよなあ？　おそらくだが、生前は映像作家とか、そういう仕事をしてたんじゃねえか？」

ポーチは視線を落とし、小さな声で答えた。

「うん。僕は、生前、ドラマのディレクターをしていたみたいなんだ。でもね、本当は自分だけの映画を撮りたかったんだよ……」

ヤクザはその話を聞くと、上を向いて大きく両腕を広げた。

「ここは、望みを叶える世界だ。未練を消すために創られた天国だ。そのことは感覚的に確定事項だってことは理解してるよなあ？　そして、俺たちは真相を明らかにすることだけが望みだと考えた。でもよ、違えんじゃねえかな。もっと大きな、夢をさ、夢を叶えたいという望みも、この世界には組み込まれてんじゃねえかな」

ポーチとコックが強く頷いた。そして、ヒゲオも。

その様子を見て、オジョウが呆れ気味に言う。

「男ってバカね。夢とか言っちゃって……」

ヒゲオはそんな彼女に絡《から》んだ。

「男とか、女とか、そういう風に区別するのって古い考えだと思うけどね。女性も夢を語って良いんだよ。オジョウだって何か望みがあるだろ？」

「そうねえ。私は、いい男と結婚して可愛い子供を作りたいかしら」

「いや、そういうんじゃなくてさ」

「ほらね。潜在的に女を見下しているのよ。男の夢は高尚なもので、女の夢はダメなものってね。男女平等を謳《うた》うのなら、私の夢も同等に扱うべきだわ。もちろん、女の幸せは結婚って決めつけるのはナンセンスだけどね」

何も言い返せず、黙り込む。代わりにヤクザが声を張った。

「男も女も大志を抱け！　オジョウの望みも叶うさ。いい男が何人もいるからな」

「えー。顔だけイケメンはいるんだけどね」

そう言って彼女は笑った。ヤクザも共に笑い、グラスのビールを飲み干した。

「刺身も美味《うめ》えが、ビールに合う味の濃いつまみも欲しいな」

嫌な予感がし、メイドの顔色を窺ってから、ヤクザに進言する。

「もう納戸の出現現象を利用するのはダメですよ」

すると、コックが手をあげた。

「それでは、私が何かを作ってきましょうか？」

その発言を聞いたオジョウが、あからさまに不服そうな顔をした。

「私が作るわ。ずっと黙ってたけど、私、実は料理が得意なの」

「いや、それはなんとなく察してたよ……」

「ヒゲオさんも本当は思ってるわよねえ？　いつもの料理はいまいちだって。もうコックさんには厨房に入らないで貰いましょうよ。それが良いわ」

　コックが深くうつむいた。オジョウは彼の様子を気にも留めず笑っていた。

　そんな彼女に、ヤクザが真剣な面持ちを向けた。

「オジョウ、それは聞き捨てならねえな」

「なによ。そんなムキにならないでよ。前から思ってたんだけど、ヤクザさんはコックさんに甘過ぎだわ。まさか、コックさんの、料理人だって言葉を信じてるの？」

　ヤクザは腕を組み、下唇を噛《か》んだ。

「……いいや、さすがに俺もバカじゃねえ。コックさんは料理人ではなかったと考えているよ。でもな、コック服に対する誇りや、料理をしたいという気持ちは、本物だと思ってる。俺はそういう奴を嫌いになれねえんだ。さっきの望みの話に戻るんだけどよ、コックさんは、なりてえんじゃねえかな、本物の料理人ってやつに」

　オジョウは少しばかり申し訳なさそうな顔をした。それでも謝罪はしなかった。

「それなら、私がコックさんに料理を教えるわ。それでどう？」

彼女は、コックのことを見据えた。

「オ、オジョウさんに、私が、料理を教わるのですか？」

「不満かしら？　小娘に教えを乞《こ》うのはプライドが許さないのかしら。だとしたら、その程度の望みなのよ。本当に叶えたいという信念があるのなら、相手が誰であろうと頭を下げなさいよ。それができない中途半端《はんぱ》な人に、メイドさんは渡せないわ」

ヒゲオは彼女に耳打ちをした。

「オジョウ、さすがに言い過ぎだよ。心が折れる」

「ヒゲオさんは黙っててよ……ねえ、コックさん、どうするの？」

コックに視線が集中する。

コックは、顔を上げて全員の顔を見渡し、最後にオジョウのほうを向いた。

「私に、料理を、教えてください。宜しくお願いします」

オジョウは表情を緩めた。

「いいわ。こちらこそ宜しく。じゃあ、さっそく作りにいきましょうか。みんなは何が食べたいかしら？　煮つけ？　フライ？　マリネ？」

その問いかけにヤクザが答える。

「いや、やっぱり今夜はもういいかな。それよりも、みんなで晩酌をしねえか？」

メイドが空いたグラスにビールを注いでいく。それはオジョウの前のグラスにも注がれた。ヒゲオはとりあえずメイドに言った。

「未成年には良くないでしょ」

メイドは微かに笑みを浮かべた。

「本当の年齢は誰にも分かりませんし、ここには取り締まる人もいませんよ」

ポーチが大きく手を叩く。

「さーて、じゃあ、改めて乾杯でもしましょうか」

ヤクザがグラスを掲げる。

「じゃあ、俺に音頭《おんど》を取らせてくれ」

反対する人はいない。ヤクザは立ち上がって言葉を続けた。

「……天使たちの望みに、乾杯」

グラスとグラスが交わり、祝福の鐘の音が、夜の食堂に響いた。

＋　＋　＋

――――捜査員の間に緊張が走ったという。古めかしい洋館という舞台。無残な遺体。これは映画ではないということは誰もが理解していたが、誰もが同時に、連続大量殺人事件、その可能性を思い浮かべたのである。

その悪い予感は、見事と言って良いのだろうか、的中することとなった。

引き続き行なわれた捜索によって、二階にある複数の客室から、次々と、首を斬られた遺体が、三体発見されたのである。

計六体の遺体。その多くは、一息に斬られたらしく、首にのみ深い傷が残されていた。ただし、二階客室の一体の男性遺体からは抵抗した形跡が発見された。その男性は左手を損傷しており、小指が失われていたのである。振り回される刃物によって勢いよく斬り飛ばされたのだろう。欠損部位は遺体の近くに落ちていなかった。

その失われた小指が、同客室のベッドの下から発見されたのは、午後十一時近くのことであった。

毎時新聞　令和元年七月二十日午後十一時号

六、指先は示す

また、バイクの音で目を覚ました。午前六時だ。

食堂に行くと、そこにはポーチだけがいて、テーブルの上に新聞が置かれていた。毎時新聞の「令和元年七月二十日午後十一時号」だ。

「ポーチさん、もう新聞読んだ？」

「ヒゲオさんとヤクザさん以外は、もうみんな読んだよ」

首肯で相槌《あいづち》を打ち、席に着いてさっそく新聞を広げる。

そのタイミングで、厨房《ちゅうぼう》側の扉が開いた。オジョウを先頭にしてコックとメイドが食堂に入ってくる。三人は速やかに配膳《はいぜん》を済ますと、各自、席に着いた。

目の前に置かれた皿には、金色に輝くベーコンエッグが載っていた。

「お、今日のベーコンエッグは、本当に、美味《おい》しそうだ」

そう言うと、オジョウが誇らしげな顔をした。

「私の指導の賜物《たまもの》かしら」

「そこはコックさんの努力の成果って言っておこうよ」

「まあ、それもあるわね。いままでが常軌を逸していたというのもあるけど、一回でこれだけ上達するなら、数日で人並みの技術は身につくと思うわ」

「へえ、それは楽しみだ」

彼女は自分のことのように嬉《うれ》しそうに微笑《ほほえ》み、コックに視線を向けた。

コックは深々と頭を下げ、それから食堂内を見回した。

「ヤクザさんは、まだ、いらっしゃってないんですか？」

その問いにメイドが答える。

「先程、起こしには伺ったのですが、また寝てしまわれたのかも知れないですね」

メイドの発言を受け、オジョウが溜《た》め息《いき》をついた。

「あの人、また悪夢でも見て死んでるんじゃないかしら」

ポーチが笑いながら頷《うなず》く。

「もう少し待ってみて、来なかったら僕が生き返らせに行くよ」

ヒゲオも頷いて、改めて新聞に視線を落とした。新聞は、今日も代り映えのしない内容だ。しかし、記事の最後のほうに書かれている文章だけは興味深いものだった。

「……男性遺体の小指が見つかった？」

ここ数日、現世での捜査が進展していないのか、新聞の内容はほぼ更新されていなかった。それが今日は、遺体の欠損部位が発見されたとの記述が加筆されていたのだ。

記事中の抵抗を試みたとされる男性は、たぶん。そう思った時、声がした。

「うおぉぉぉぉぉぉ……」

二階にいるヤクザの叫び声だ。それを聞いたオジョウが再び溜め息をつく。

「いやだ。本当に死んじゃったの？」

ポーチが席を立とうとすると、今度は、階段を駆け下りてくる音が聞こえてきた。どうやらヤクザは生きているようだ。

そして、しばらく待っていると、食堂の扉が勢いよく開いた。

「おい、みんな！　これを見てくれよ！」

ヤクザは食堂に入ってくるなり、叫びながら左手を開いて前に突き出した。

その手には、存在しないはずの小指が、生えていたのだった。

「いやあ、飯は美味《うめ》えし、良いこと尽《ず》くめだな」

ヤクザは料理を頬張りながらそう言った。彼の左手には五本の指が揃《そろ》っている。もはやヤクザと呼ぶのは躊躇《ためら》われる状態だ。ただし、今更あだ名を変更するのはややこしいという判断から、今後もヤクザはヤクザでということで全員の意見は一致した。

「ところで何をしたら指が生えてきたの？」

ポーチが尋ねた。ヤクザがフォークを振り回す。

「それがよ、何もしてねえんだ。起きたら生えてたんだよ」

ヤクザはまだ新聞を読んでいない。その内容は明らかにヤクザと関連があると考え、ヒゲオは、彼に伝えることにした。

「現世で小指が発見されたみたいですよ。客室のベッドの下に落ちていたそうです」

するとヤクザは、まじまじと自身の手を見つめた。

「そうか。俺は事件の日に指を失ったのか」

「現世での発見と同時に小指が再生したってことは……」

そこまで言って、ある仮説が閃《ひらめ》いた。しかしそれは整合性が取れていないため、すぐに頭の中で否定をした。ところが、こちらの心を読んだかのように、いま否定したばかりの仮説をポーチが語りだした。

「現世で見つかったものが天国に現れたってことは、ひょっとして、僕たちがこの世界にやって来た順番は、遺体が発見された順番なんじゃないかなあ」

すぐさま指摘をしようとしたが、先にコックが発言する。

「それはないですね。現世で最初に遺体が発見されたのは午前十一時で、二つとも男性遺体でした。それに対して、この世界に最初に来たのはメイドさんです」

「ああ、そういえば、そうだったね」

　ポーチは納得したようだ。

　ヒゲオは小さく肩をすくめ、それから情報を整理するため小声で自問を始めた。

「指の発見と再生。現世で指の縫合が行なわれた、って辺りが妥当な線かな。検死の前にそんなことするのかな……とりあえず、今回の件で明確になったのは、客室に小指をなくした遺体があったので、ヤクザさんはそこで……」

　ヒゲオは咄嗟《とっさ》に続く言葉を飲み込んだ。この事実が確定となると、かつての、あの証言に、矛盾が生じる。

　ポーチがヒゲオの異変に気付き、声をかけてくる。

「ヒゲオさん？　どうかした？」

「え？　ああ、いや、なんでもない……」

　わざと声をかけてきたのだろうか。それとも、ポーチは、本当に矛盾に気付いていないのだろうか。自身がかつて語った証言との矛盾に。

　三日前のことだ。応接室でポーチは、自分は客室で死んだ、と言っていた。その時には普通に話を受け入れたが、新たな事実が発覚したいま、それはあり得ないと言える。

　屋敷で死亡した男性四人の遺体のうち、二つが応接室にあった。つまりそれ以外の場所で死んだ男性は二人だ。色々なことがあって確認を怠ってしまったが、いままではヒゲオとポーチが客室で、ヤクザとコックが応接室で殺されたものと考えていた。しかし、ヤクザが客室で殺されたことが、確定、したのだ。

ポーチは、嘘《うそ》をついている。一体なんのために。

頭の中でいくつもの可能性を取り出し、一つ一つ精査していく。それでも確かなことは何も分からない。グルグルと思考が空回りするばかりだ。

しばし黙り込んでいると、ヤクザが目を細めてこちらを見据えた。

「ヒゲオ、何か気付いたことでもあんのか？」

「いえ、なーんにも……」

首をゆっくりと横に振り、頬杖《ほおづえ》をつく。

ヒゲオは、ひとまずの指針を決めた。まずはコックにも死に場所を確認してみよう。

話を聞くなら一人の時が良いだろう。そう考えたのだが、コックはメイドまたはオジヨウと共に行動することが多く、なかなか機会に恵まれなかった。

そうして、ようやく時間を確保できたのは、午後になってからだった。

昼食の片付けを終えると、コックは自室へと向かった。彼が利用している部屋は二階南東にある大きな居室だ。ヒゲオは、その部屋を訪ねた。

「おおー、俺たちが使ってる部屋に比べると、だいぶ広いですね」

コックの部屋に初めて入ったのだが、そこはヒゲオたちが利用している居室の三倍ほどの広さがあった。しかも南と東に窓があって日当たりも良い上に、置かれている調度品も心なしか大きく見える。

「はい。私がこの屋敷に来た時には、メイドさんは使用人室を使っていましたし、二階の部屋はすべて空いていたのです。それでここを使うことになったのですが、いまとなっては、私だけ広い部屋にいて、心苦しいです」

「まあ、先に来た人の特権ですよ」

「そう言って貰《もら》えると助かります……それで、聞きたいことっていうのは？」

ヒゲオは腕を組み、再び室内を見回した。

「コックさんって、この部屋で殺されました？」

あえて回りくどい聞き方をする。コックは戸惑った表情を浮かべた。

「急にどうされたのですか？」

「そろそろ真相の解明もしないとなあって思いまして、みんなに聞いています」

彼は感心したように何度も首を縦に振った。

「……この部屋では殺されていません。私が殺されたのは応接室です。この世界に来た当初は分かっていなかったのですが、館内を散策して応接室に足を踏み入れた時、じわじわと記憶が蘇《よみがえ》ったのです。ここは私が死んだ場所だと」

予想通りの返答だ。やはりコックは応接室で死んでいた。

「すみませんが、その話、もっと詳しく教えて貰えませんか？」

彼は首元を押さえ、とつとつと語り始めた。

「一瞬のことだったので、参考になるかどうか分かりませんが……あの雨の日、はっきりとした理由は覚えていませんが、私は用事があって、応接室に入りました。その瞬間、何者かに、刃物で、横から首を斬《き》られたのです」

「入室した瞬間かあ。犯人の顔とか他の犠牲者とか、そういうの見ました？」

「残念ながら見ていません。本当に一瞬の出来事だったのです」

「あ、ちなみにその刃物って、どんなものか覚えてます？」

「おそらくクレーバーナイフだと思います。オジョウさんに聞いたのですが、あのナイフは重みのある肉厚の刃なので、肋骨《ろっこつ》程度なら一振りで切断できるそうです。そんな刃物でもって、私の首は木を切り倒すように斬られました。喉《のど》の奥深くまで異物が侵入してきた感触をいまでも覚えています。完全に首を切断されるとさえ思いました……」

「ああ、あんまり具体的に思い出そうとすると、ほら、死んじゃいますから、この話はこれくらいにしておきましょうか……」

ヒゲオは口元を押さえ、新聞の内容を思い返した。

応接室にあった遺体は二つ。そのうち一つは、首を深く斬られ、ソファの上に寝かされていた。そして、その服装は全身白い服だった。コックも深く斬られた上に、格好は全身白い。応接室のソファにあった遺体、これはコックのもので間違いないだろう。

ここまで分かれば十分だと思い、ヒゲオは礼を述べようとした。ところが、それよりも先にコックが片手をあげた。

「ヒゲオさん、私からも質問をさせて貰って良いですか？」

「あ、はい、どうぞ」

「昨日はメイドさんと何かあったのですか？　彼女は急に具合を悪くしたようですが」

メイドとのやり取りが脳裏を過《よぎ》る。

「何も、なかったですね……」

「それなら良かった。彼女は従順だし、昨日は薄着だったので、心配していたのです」

「俺って信用ないんですね。変なことするわけないじゃないですか」

少しばかり心が痛む。実際には、身体《からだ》を預けてきたメイドを抱き締めようとした。

それにしても、色恋沙汰《ざた》を好むオジョウのような発想だが、コックはメイドに気があるように思える。もちろんメイドのほうはコックに興味がないらしいが。

コックは、何かしら自身に言い聞かせているのか、深く頷いた。

「私が聞きたかったことはこれだけです」

「あ、俺も聞きたかったことは全部聞けました。ありがとうございました」

ヒゲオは、逃げるように退室した。

呼吸を整え、歩きながら、得られた情報をまとめる。

誰かの格言だったか、真相とは単純なものらしい。応接室にあった二つの遺体。ソファに倒れていたのはコックだ。そして、床に倒れていたのは、犯人だ。コックに比べて床の遺体は傷が浅かった。また近くに凶器が落ちていた。警察も当初は男性二人の無理心中と判断している。つまり、床に倒れていた男性は自ら首を断ったと考えられる。

なぜポーチは客室で死んだと嘘をついたのか。それは、犯人だからだ。しかし、

「信じたくないなあ……」

自ら導き出した結論とはいえ、すんなりと飲み込めるものではない。ポーチは、抜けてはいるが、優しい人柄だ。周りの人たちを常に気にかけ、率先して雰囲気を良くしようと努めている。しかも、ヤクザ殺害事件の際には非常に協力的だった。いや、あの事件については、自分が殺していないにもかかわらず死者が出たからこそ、真相を知りたかっただけなのかも知れない。それならば、あんなに協力的だったのも理解できる。

ヒゲオは階段を下り、応接室を目指した。ポーチ犯人説の根拠とも言える現場を、改めて確認してみたくなったのだ。

応接室に入ると、灯りが点《つ》いていた。布シェードの取り付けられたクラシックシャンデリアが、オレンジ色の光を発していたのだ。先客がいるのだろうか。そう思って室内を見回してみると、ローテーブルの上に白色のバラが活《い》けてあった。そして、庭に通ず

る両開きのガラス戸が、開け放たれたままになっていた。

庭園を覗《のぞ》いてみる。そこには、ヤクザがいた。

「なんだ、ヤクザさんか……」

そう呟《つぶや》くと、ヤクザは険しい顔をして振り返った。

「なんだってなんだよ」

「いや、深い意味はなんにもないですよ……ところで、何してるんですか？」

「オジョウが花を活けるって言うから、一緒に来ただけだ」

ヤクザが横を向く。その視線の先では剪定《せんてい》バサミを持ったオジョウが花を摘んでいた。

「ああ、そういえば二人はここの花が好きなんでしたっけ」

「誰がそんなこと言ったんだ？　まあ、あれだ、嫌いじゃねえけどよ……」

その言葉はオジョウの耳にも届いたようで、彼女は呆《あき》れ気味に笑った。

「ヤクザさん、素直になったら？　花が好きってことくらい堂々と言いなさいよ」

「俺は花が好きってわけじゃねえんだよ。返り咲きだっけか？　その白いバラの、そういう力強さに共感しただけだ」

そういえば、メイドとも似たような会話をした。

「さっきの質問ですけど、二人は花が好きって言っていたのはメイドさんですよ。ちなみに彼女も返り咲きについて共感するみたいです」

「そりゃそうだ。俺たちは返り咲いた天使たちだからな」

ヤクザは冗談めかしてそう言った。

「その時なんですけど、耕したばかりの場所に立ち入って怒られちゃいましたよ」

なんの気なしに軽い自虐《じぎゃく》を口にすると、オジョウが神妙な顔をした。

「耕したばかりの場所なんて、この庭園にあったかしら？」

「え？　あっちの、郵便受けの向こう側だよ……」

彼女があまりにも気にするので、その場所まで二人を案内する。

オジョウは、そこの露出している土を見ると、ますます怪訝《けげん》そうな顔をした。

「おかしいわね。以前はこんなことになっていなかったわ。しかも整ったバラの苗まで植わってる。この庭園のバラはね、挿し木で増やして、ある程度の大きさになってから土に降ろしてるのよ。でも、この苗はどこかで買ってきたものだわ」

「ちょっと待ってくれよ。おかしいのはオジョウの発言だろ。苗なんて、この天国でどうやって買うんだよ。生きてる植物は納戸《なんど》に出現させることも不可能だ」

「あら、言われてみればそうね……」

「オジョウの言う、以前って、生前のことじゃないの？」

「ごめんなさい。思い出せないわ……」

彼女は、記憶が混乱しているのか、辛そうに頭を押さえた。

「いや、そこは思い出そうよ。真相をさ、明らかにしないとダメだろ」

語気を強める。すると、ヤクザが口を挟んできた。

「おいおい、ヒゲオ。弱ってる相手に、そんなに強く当たるなよ。それに庭の土なんて真相には関係ねえだろがよ」

確かにそうだ。今更、土などどうでもいい。

「あ、すみません。ヤクザさんの言う通りです……真相は、もう見えてる……」

ヤクザとオジョウが、じっとこちらを見る。

ヒゲオは、そんな二人に提案をした。

「あの、ちょっと、応接室で話をしませんか？」

ポーチのことを告げることにした。

本来であれば、本人の自供を待つか、十分な確証を得てから全員に公表するべきだと思う。しかし、それまで一人で抱え込むのが辛かった。

「――要するに、ポーチさんが犯人の可能性が高いです」

応接室のソファの上で、すべての経緯を伝える。ところが、向かいに座るヤクザとオジョウは反応が薄かった。二人は互いに視線を交わし合い、黙っている。

「え？　驚いたりしないんですか？」

そう尋ねると、ヤクザが面倒臭そうに額を掻《か》いた。

「実はよ。さっき話してたんだ。犯人は、お前の推理はともかく、殺しの手口から男に決まっている。小柄なメイドさんや華奢《きゃしゃ》なオジョウが首を叩《たた》き斬るなんて無理だ。加えて俺は今朝の新聞で被害者であることが確定。つまり、俺とオジョウは容疑者候補から外れるんだ。その上で、誰が犯人だったとしても、冷静に受け入れようって決めたんだよ」

「冷静にって、あのポーチさんが、俺たちを殺したかも知れないんですよ？」

「そう言うけどな、じゃあ、誰が犯人だったら納得するんだ？」

「いや、それは、誰が犯人でも……ただ、あんな優しそうな人が……」

言い淀《よど》むと、オジョウが溜め息をついた。

「ねえ、優しさと過《あやま》ちは関係がないと思うわよ。ヤクザさんも前に言ってたけど、譲れない信念に従って道を誤るなんてことは誰にでもあるわ。特に、誰かのため、という大義名分を手に入れた時、どこまでも残酷になれる。それは優しい人ほどね」

妙に実感のこもった発言だ。ヒゲオはうつむいて、その言葉を噛《か》み締めた。

短い静寂の後、ヤクザが仕切り直すように大きく息を吸った。

「それとな、大事なことなんだが、俺とオジョウからしてみれば、ポーチさんが嘘をついてるのか、お前が嘘をついてるのか、判断することはできねえんだよ」

「は？　俺のことを疑ってるんですか？」

「正直に言うと、疑っている。もちろんお前のことだけじゃねえがな。ただ、人格までは疑いたくねえんだ。なんだかんだ一緒に過ごして、どんな奴なのか分かってるしな」

「俺は殺してないですよ」

「そりゃ、お前の立場ならそう言うだろ。オジョウ曰《いわ》く、大抵の奴は殺人犯扱いをされたくないらしいからな」

「本当に犯人じゃないです。俺は、確かに客室で殺されました。分かるでしょ？　部屋の中にいるうちに、次第に記憶が蘇ってくる、あの感覚」

「それについてもなあ……俺はな、その感覚を理解できるんだけどよ……」

そう言って、ヤクザはオジョウに視線を向けた。

「私は、自分がどこで殺されたのか、まったく覚えてないわよ」

彼女の話の続きをヤクザが引き取る。

「そういうことだ。記憶の蘇り方には個人差があるみてえなんだよ。もっと言えば、当てにならねえ。俺だって数日前に夢と現実の区別がつかなくなってたしな」

「俺が、何か思い込みをしてるかも、ってことですか？」

「可能性は否定できねえな」

自身の記憶さえも疑わなければならないとなると、もはや真相解明など不可能だ。そう思いはしたが、ヒゲオは気力が尽きていて反論する気にはなれなかった。

　黙り込んでいると、再びヤクザが口を開いた。

「でだな、ここまでの話を踏まえた上で言わせて貰うが、お前の推理はザルだな。お前はさ、新聞配達員を探しに行っちまった時もそうだが、一つのことに拘《こだわ》ると突っ走るとこがあるよな。考えてみろ。殺された場所と発見された場所は、同じとは限らねえ」

「あ、ああ、そうか、言われてみれば」

「すぐに気付けよ、こんなこと。俺の場合はベッドの下に指が落ちていたから殺害現場は確定だ。それ以外の奴は遺体の移動が行なわれたかも知れねえ。少なくとも、お前の話からすれば、コックさんは犯人の手でわざわざソファに寝かされている。つまり、まだ誰が犯人なのか、分かっちゃいねえよ」

　ヤクザの言う通りだった。これで推理は振り出しに戻ってしまった。しかし、心の中では、徒労感よりも安堵《あんど》のほうが勝っていた。

「あれ？　そうなると……」

　一つの考えが頭をもたげた。遺体の移動を考慮すると、ある可能性が生じる。今朝、自ら否定した仮説。それが現実味を帯びてくる。

「どうした？　まだ何か納得がいってねえのか？」

「いいえ。ヤクザさんの話は納得しました。それとは別のことを思い付いたんです」

「おい、また新たな犯人候補に向かって突っ走る気じゃねえだろうなあ……」

「今回こそは、自信があります。ちなみに犯人が明らかになったわけではないんですけどね。ただ解決の糸口にはなると思いますよ。さっそく調べ物をしてくるんで、おいとましますね。お邪魔しました」

そう早口に言って、速やかに応接室を後にする。


ヒゲオは、毎時新聞のバックナンバーすべてに改めて目を通した。予想通り、そこに書かれている内容は仮説を補完するものだった。

そして夕食後、全員に応接室に集まってくれるよう提案を持ちかけた。

――さあ、舞台を始めようか。

五人が応接室のソファに座る。ヒゲオだけは、あらかじめ用意しておいたホワイトボードの前に立った。対面の壁付近にはビデオカメラがセッティングされている。ちょっとした講演会のような雰囲気だ。

全員が口を閉ざして説明の開始を待っている中、講師役であるヒゲオは、指を鳴らしてカメラのレンズを指差した。その様子を見たポーチが言う。

「良い画だね。でも、カメラを意識しないで良いから早く始めて」

ヒゲオは肩をすくめ、軽く咳払《せきばら》いをした。

「えー、お忙しい中、応接室にお集まりくださり誠にありがとうございます。本日は、あなたの小指が生えたから、小指記念日でございます。このような晴れがましい日に皆様とご一緒できて……」

話をしている最中、ヤクザが舌打ちをした。

「そういう前振りはいらねえから、さっさと説明してくれよ」

ヒゲオは両手を広げ、優雅に数回頷いた。

「では、ご要望にお応《こた》えして本題に入りますね。テーマは世界についてです」

まだふざけているのではないかという雰囲気が漂ったが、気にせず話を進める。

「みなさんもご存じの通り、今日、現世で小指が見つかりました。それと同時に天国のヤクザさんに小指が生えました。ここから分かる通り、どうやら俺たちの肉体は、現世で発見されると、天国に現れるようです。噛み砕いて言うと、俺たちが、この世界に来た順番は、現世で遺体が発見された順番です」

さっそくポーチが反論をする。

「ヒゲオさん、それはもう否定された話じゃないの？」

そんな彼を指差す。

「良い質問だねえ。確かに一度はあり得ないと思われました。なぜなら現世で最初に発見されたとされる遺体は男性だったからです。それに対して、天国に最初に来たのはメイドさんです。ところが、これを覆《くつがえ》す方法があるんですよ」

微《かす》かに室内が騒《ざわ》めく。ヒゲオはマーカーペンでホワイトボードを叩いた。

「さて、その方法について説明する前に、すでに明らかになっている情報を整理しましょうかね。まずは、天国に来た順番です。先程も言った通り、最初に来たのはメイドさんで、入国日は十四日前のことです。その二日後にコックさんが入国、さらにその四日後にオジョウ、その二日後にヤクザさん、その翌日にポーチさん、さらに翌日に俺ヒゲオ。ここまでは良いですかね？」

全員、頷く。ヒゲオはホワイトボードのほうを向き、情報を書き始めた。

「書きながらで申し訳ないんですけど、話を続けますね。以上を踏まえた上で思い出してください。この天国での一日は、現世における一時間です。本日の朝六時に届いた毎時新聞は午後十一時号ですから、メイドさんが入国した十四日前は、現世では午前九時だったということになります。こんな調子で、俺たちが入国した日を現世時間に換算すると、こうなります。メイド午前九時、コック十一時、オジョウ午後三時、ヤクザ五時、ポーチ六時、俺ヒゲオ七時。あ、今更ですけど、敬称略で宜《よろ》しくお願いします」

書かれたばかりの表を親指で示す。

「さらにですね、新聞の記事と発行時刻を参考に、現世で起きた出来事をこの表に書き込んでいきます。すると、すると、ちょっと待ってね。すると、こうなります」

ヒゲオはホワイトボードを手の平でバンバン叩いた。

○天国	○現世
・一日目　メイド入国	・午前九時　料理屋が応接室で倒れている人を発見
・	・
・三日目　コック入国	・午前十一時　救急隊員が二つの男性遺体発見
・	・
・	・
・	・
・七日目　オジョウ入国	・午後三時　警察が使用人部屋で女性遺体発見
・	・
・九日目　ヤクザ入国	・午後五時　二階客室で四人目の遺体発見
・十日目　ポーチ入国	・午後六時　二階客室で五人目の遺体発見
・十一日目　俺ヒゲオ入国	・午後七時　二階客室で六人目の遺体発見

完成した表を提示しながら誇らしげに述べる。

「ドンピシャです。現世でのイベントと俺たちが天国に来た日が、偶然ここまで一致するなんてことは、まずあり得ないでしょう。さらにここにヤクザさんの小指の件を加味すれば、断定して良いですよ。俺たちは発見された時に天国に来たんです。量子力学における不確定性原理のようなものですね。観察者の存在によって結果が定まるってやつです。要するに、遺体が発見された時に俺たちは正式に死んだことになる」

もちろん誰かから反論がくることは織り込み済み。案の定、コックが手をあげた。

「で、でもですね、先程のポーチさんの疑問が解決していません」

ヒゲオは口角を上げ、マーカーペンを振った。

「ええ、その通り。いまから覆す方法を説明します。いや、犯人の行動の説明、と言ったほうが良いかも知れないですね」

そう言ってから表の午前九時を勢いよく指す。

「問題となるのは、メイドさんが発見された時刻です。入国日を考えれば午前九時のはずなのですが、新聞を読むと、九時に見つかったのは男性のように読み取れます。ところがですね、正確には違うんですよ。その時刻に発見されたのは、顔の見えない赤い服を着た倒れている人です。いわば、性別が不明。もう分かりましたよね？　そこにメイドさんの遺体があったんですよ。そのソファの上に」

目の前にあるソファを指し示す。そこに座るメイドとコックが落ち着かない様子で視線を左右に振った。ヒゲオは場の空気が落ち着くのを待ち、それから、話を続けた。

「しかし、午前十一時に応接室内を確認すると、そこには男性の遺体が二つあるだけだった。ちなみに、この時にソファの上にあった遺体は、コックさんのものと思われます。深く斬られた首元、全身白い服、いずれも条件を満たしています。では一体、何が起きたのか。それは、遺体の入れ替えです。第一発見者の料理屋店主が天国屋敷を訪れた際、まだ犯人は生きていたのですよ。店主が倒れている人を発見したのは九時、その後、救急隊が訪れる十一時までの間、彼は車の中で涼を取っていた。その間に犯人はソファのメイドさんの遺体を二階の客室に運び、代わりに、その辺に転がっていたコックさんの遺体をソファに寝かせた。そして、床の上で、自害した。床の遺体は傷が浅かった上に近くに凶器が落ちていました。犯人に間違いないでしょう。これら一連の行動にどういう意味があるのか分かりませんが、この方法ならば、俺たちが天国に来た順番との整合性が取れます」

　オジョウが、独り言のように呟く。

「それが事実だとするなら、私は使用人部屋で死んでいたってこと？」

　ヒゲオは指を鳴らし、オジョウのことを指差した。

「そのことについても考えました。事情を把握していない人のために簡単に説明しておきますね。俺たちは、大半が、自分の死んだ場所を思い出しています。しかしオジョウは覚えていないんですよ。なぜだろうか。それは、思い出すための条件を満たしていないからです。俺たちが死に場所を思い出した切っ掛けは、その場での滞在。思うに、オジョウは使用人部屋に入ったことがない。そうだろ？」

オジョウに視線を向ける。彼女はたどたどしく答えた。

「そうね。ちらっと室内を見たことはあるけど、足を踏み入れたことはないわ……」

ヒゲオは小さく肩をすくめ、微笑んだ。

「何か事情があって、オジョウは事件当日、使用人部屋にいたのでしょう。天国の俺たちは、共通認識による影響と思われますが、基本的には死んだ場所に滞在しています。ところが、オジョウに関しては天国に来た時点でメイドさんが使用人部屋にいた。結果的に殺害された場所に行く機会、すなわち記憶を呼び覚ます機会が、失われたのです。さて、念のためにメイドさんにも聞いてみましょうか。メイドさん、どこで死にました？」

予想が正しければ、彼女は、応接室、と答えるはずだ。

「申し訳ございません。頭の中に靄《もや》がかかっているようで、首を斬られて殺されたということ以外、何も、本当に、思い出せないのです……」

少しばかり予定が狂った。しかし大筋は間違っていないだろう。

「ああ、なるほど。少なくとも使用人部屋で死んだとは断定できない。他の条件から推測するに、午後三時に使用人部屋で発見された遺体は、オジョウで間違いないでしょう。そしてオジョウ発見以降、次々と二階客室から三つの遺体が発見されるわけですが、そのうちの一つは、メイドさんってことになります」

そこで一旦《いったん》、深呼吸をする。

「ここまでは良いですか？　何か気になるところ、ありますか？」

問いかけると、ポーチがホワイトボードを指差した。

「それだと、天国三日目に、コックさんと一緒に犯人がこの世界に来てない？」

予定通りの質問だ。順調に話は進んでいる。

「その通り。犯人は三日目に入国している。おそらく、天国にやって来た犯人は、コックさんよりも先に目を覚ました。ここで犯人の気持ちになってみてください。目を覚ましたら、見知らぬ海辺にいた。そして隣には、殺したはずの人が寝ていた。手元には凶器もない。どうしますかね？　俺なら、状況を把握できるまで、身を隠します。松林に入ってしまえばそうそう見つかることはない。その上、どんなに腹が減ろうと、この世界の住人は死ぬことがない。一週間ほどコソコソ屋敷を観察したんじゃないですかね。観察をして状況を把握できてから、白々しい顔をして屋敷の門を叩いた……」

応接室内は静かになった。反論はないようだ。

「俺の説明は以上です。ご清聴、ありがとうございました」

ヒゲオは、カーテンコールでもするかのように、優雅に一礼をした。

「さすが名探偵。画になってるよ」

　ポーチが指で四角い枠を作り、こちらを嬉しそうに覗き見る。

　それに対して、隣に座るヤクザは、腕を組んで難しい顔をしていた。

「あの、ヤクザさん？　何か異論でもありました？」

　そっと尋ねる。ヤクザは表情を変えず、落ち着いた声色で話しだした。

「いや、異論はねえ。それが正解だろうよ。俺たちは発見された順に天国に来たんだ。ただ、そうなると、犯行が可能だった人物は二人に限られる。犯人は男だ。コックさんはソファに寝かされていた。俺は客室で指を飛ばされた。じゃあ、あとは分かるな？」

　ポーチと顔を見合わせる。しかし、お互い言葉が出てこない。

　それを見かねたのか、ヤクザが再び語りだす。

「ヒゲオ。犯人の気持ちになってみろって言ったよな？　犯人は五人を殺した後、こっちの世界に来て屋敷を観察していた。俺がもし犯人なら、その五人の所在が明らかになるまで、積極的な行動は取らねえ気がするな。要は、最後に屋敷を訪ねる」

「ちょちょちょちょ、待ってください。本当に待ってくださいよ」

「悪いが、待たねえ。言いたいことは言わせて貰う。前から考えていたんだけどよ、といっても、こんな可能性もあるかもなって程度のことだが、犯人も、記憶がねえんじゃねえかな。喉の切断によって死んだという記憶だけを持って天国に来た。その後、無意識のうちに隠ぺい工作を行ない、無意識の贖罪《しょくざい》によって講演会のような自白を行なった」

「それは無理がありません？　ちなみに俺には殺された記憶がありますよ」

「果たしてそうかな。記憶なんて当てにならねえ。無意識に捏造《ねつぞう》されることもある……そうだ、ヒゲオ。お前、前に言ってたよな？　起きてる時に犯人に襲われたって。つまり犯人の顔を見ている。違うか？」

「ええ、見ましたよ。知ってる顔だったってことだけは覚えてます……」

「その犯人に、どう首を斬られた？」

「え……背後に立たれてスパッと喉を掻き斬られましたね……」

　ヤクザは暗い面持ちをして静かに首を横に振った。

「犯人の殺害方法なんだが、基本的には、獲物に姿を見せずに近付いて、一気に叩き斬るといったものだ。犯人自身は、自ら首を斬った都合上、その傷は掻き斬ったものと思われる。お前の殺され方には違和感を覚えるな。なあ、よく思い出してみてくれよ。お前が殺された時の状況はどんなだった？」

　そう言われ、不本意ながら目を閉じる。いつか見た夢の映像が脳内に展開されていく。

「犯人は、俺のすぐ背後にいて、鏡越しに会話をした。その顔は、よく知っているもので……」

「ちょっと待て、鏡越しに会話？　犯人の顔はどんなだった」

頭の中の映像にバチバチと火花が弾ける。白い景色にぼやけた輪郭が浮かぶ。次第に焦点が定まっていき、輪郭は一つの明瞭《めいりょう》な像となって姿を晒《さら》す。

そこには、髭《ひげ》を生やした男が立っていた。ヒゲオは目を開き、一言、漏らした。

「背後にいたのは、俺だ……」

室内が、凍ったように静かになった。

しばらくすると、ヤクザが、穏やかな顔付きで声をかけてきた。

「お前を殺したのは、お前だったんだな？」

返事ができない。代わりにオジョウがヤクザのほうを向いて口を開く。

「解離性障害みたいなものかしら……」

「たぶんそうだろうな。殺された人格を作っちまったんじゃねえかな」

わなわなと全身が震える。両手が血に濡《ぬ》れている感じがする。

「そんな、俺が、みんなを殺したなんて……」

しかしヒゲオを糾弾する気配はない。ヤクザが再び話しかけてくる。

「ゆっくりと真相を思い出していこうぜ。俺たちはお前を恨んだりしねえよ。なあ？」

彼は他の住人たちを見た。憐《あわ》れむような眼差しがヒゲオに注がれる。

目の端が潤《うる》んだ。ヒゲオは上を向いた。淡く光るシャンデリアが視界に入る。その光を見ているうちに、もう一つの光が頭の中に灯った。

「違うな。違う違う違う違う違う違う違う違う違う違う違う、違いますよ！」

そう叫ぶと、全員、呆気《あっけ》にとられたような顔をした。

「おい、ヒゲオ、違うって言い過ぎじゃねえか？」

「だって違うんですから違うって言いますよ。俺は、犯人じゃない！」

微妙な雰囲気になる。つい先程まで同情的な空気が室内に立ち込めていたが、いまではすっかり白けた空気に換気されてしまった。

「さすがに往生際《ぎわ》が悪過ぎねえか？」

「あいにくとっくに往生してますけどね。冗談はさておき、本当に俺は犯人じゃない。俺が死んだ部屋には、燭台《しょくだい》型のウォールライトがあった。絶対にあった。ところが、この応接室にはそんな照明は設置されていない。あるのは、デザイン性を重視するあまりいまいち明るくないシャンデリアだけだ」

「しかしよ、お前は、お前自身に殺されたんだよなあ？」

「それも違うんですよ。正確には、髭を生やした男に殺されたんです」

ますます白けた空気になる。むしろ軽蔑《けいべつ》の空気と言ったほうが良いかも知れない。

ポーチが、戸惑いがちに言う。

「ヒゲオさんは覚えてないかもだけど、この屋敷に髭の人はヒゲオさんだけだよ」

「覚えてるよ！　俺ヒゲオだよ？　確かにね、いまの屋敷には、髭を生やした男は俺だけだ。でも、この事件の関係者には、もう一人、髭面の男がいるんですよ」

そうだ。あいつが犯人なら、すべての辻褄《つじつま》が合う。

ヒゲオは全員の顔を見回した。大半が困惑しているが、ヤクザだけは髭面の男について察しがついたようだ。余計なことを言われる前に急いで言葉を継ぐ。

「俺が真犯人を炙《あぶ》り出してやりますよ。そう、まさに、姿を炙り出すんだ」

七、姿なき者

翌午前五時半。階段ホールに眠そうな顔をした天使たちが集った。

講演会第二部の始まりだ。

昨日の夜に行なわれた第一部は、ヒゲオが大見得を切ったところで終了した。そのまま説明を続けても良かったのだが、口頭で伝えるだけでは、なんの証明にもなり得ない、それほどに特殊な真相をヒゲオは考えていた。そして何より、ヒゲオ自身も、まだ完全には確信を持てていなかった。そこで、予測される展開を考慮し、明朝五時半からの第二部開催を全員に願い出たのだった。なお、予測される内容については未《いま》だ誰にも説明していない。お陰で方々から、眠いやら、怠《だる》いやら、愚痴が聞こえてくる。

それらの愚痴に対し、素っ気なく応じる。

「なぜこんなに早い時間なのか、それも含めて説明するので頑張ってください」

反応は薄い。ヤクザに至っては、あくびをして目を擦《こす》っている。

「なあ、せめて椅子《いす》のある場所にしねえか？」

「この場所が色々と都合が良いんですよ。それに……」

ヒゲオは両腕を広げて上を向いた。その姿勢のまま話を続ける。

「ここって劇場みたいじゃないですか。天窓からサスペンションライトを思わせる光が降り注いでいるし、広いし、大階段はあるし、二階席まである。何かを披露するなら、この階段ホールが相応《ふさわ》しいと思うんですよね」

そのやり取りの最中、ポーチがビデオカメラのセッティングを終えた。

「ヒゲオさん、そろそろ始める？」

「そうだね。やるとしようか。制限時間もあるし……」

ヒゲオは辺りを見回し、軽く咳払《せきばら》いをしてから、神妙な面持ちで述べた。

「あー、あー、マイクのテスト中、マイクのテスト中」

ポーチが呆《あき》れ気味に言う。

「ねえ、ヒゲオさん、マイクは付けてないだろ」

ヒゲオはポンッと手を打つジェスチャーをし、続けて視線を上に向けた。

「二階席のみなさーん、ちゃんと見えてますかー？」

ヤクザが舌打ちする。

「お前は余計なこと言わねえと死ぬ病にでも罹《かか》ってんのか？」

ヒゲオは澄ました顔で両手を広げ、一礼した。

「さあ、会場もひんやり温まったので、昨日の続きを始めましょうか。まずは、おさらいからしますね。昨夜の話ですから忘れてる人はいないと思いますが、俺たちの姿は、現世で遺体が発見されたことで、こっちの世界に現れました。言い換えると、遺体が発見された順番に天国に来てるんですよ。ここまでは大丈夫ですか？　ちなみにこれは、大前提です。絶対に、忘れないでくださいよ」

全員つまらなそうな顔で頷《うなず》いた。今更、とでも思っているのだろう。

ヒゲオは先を急ぐ。

「さて、その大前提には、問題があった。天国に最初に来た人は、メイドさんだったんです。ところが、毎時新聞によれば、最初に発見された遺体は男性だった。その矛盾を解決する手段として、遺体の入れ替えという方法を提示しました。しかしこの方法にも問題があったんです。犯人がコックさんと一緒に、つまり二番目に、天国にやって来たことになってしまう。そこで俺は、犯人は身を隠したという仮説を、述べた。ここまでの話、覚えてますか？　ちゃんと理解してますか？　理解してますか……」

一人ずつ指差す。全員が理解していることを確認してから、ヒゲオは、声を張った。

「では！　その理解したことは、全部、忘れてください！」

「は？」

という声が、同時に複数あがった。

「繰り返しますが、大前提は、覚えておいてください。それ以降の遺体入れ替えなどの仮説は、なかったことにしてください。なぜなら、これらの仮説は毎時新聞の記述を根拠としているのですが、この記述に、嘘《うそ》が紛れている可能性があるからです。そもそも改めて考えてみるとですね、遺体入れ替えのメリットがなさ過ぎます。せいぜい天国の俺たちを惑わすくらいの効果しかありません。もちろん現世の人間が天国の存在を知っているわけがありませんから、犯人にとっては完全に意味のない行為です。加えて、その後の松林に一週間潜んでいたという話も、ちょっと無理がありますよね」

　そう早口に言うと、ヤクザが不服そうな顔をした。

「おい、その考えのほうが無理がねえか？　新聞記事に嘘があるから仮説は成り立たねえって言うなら、お前の言う大前提も成り立たねえだろ。都合の良い部分だけ信じて、都合の悪い部分は信じねえ、それは卑怯《ひきょう》だろうがよ」

　おそらく、ヤクザはまだ、ヒゲオが犯人だと思っている。

「ええ、言いたいことは分かりますよ。というより、そういう意見が出るだろうことは予測していました。そこでですね、昨夜のうちに試したことがあります。オジョウに、使用人部屋にしばらく滞在して貰《もら》ったんです」

　オジョウに視線を向ける。彼女は意見を求められていることを察してくれた。

「私が殺された場所は使用人部屋だったわ。ヒゲオさんの予想通り室内にいるうちに記憶が蘇《よみがえ》ってきたの。私からすれば新聞に書かれていることは全部本当の……」

「そこまでで十分です。この通り、概《おおむ》ね、新聞の記述は真実です。少なくとも遺体の見つかった場所は事実と考えて良いでしょう。他にも、当日は雨だったとか家政婦がいたとか国沢秋夫の経歴とか、そういう話は事実として、確定しています。たぶんね、発見者の証言や発見時刻も事実でしょう。すなわち大前提は間違っていない。ただし、ここからは推測なのですが、人数や性別など些《さ》細《さい》な箇所については、悪意によって、あるいは隠ぺいのために、嘘が書かれている可能性が高い」

言い切ると、メイドが冷ややかな表情をして口を開いた。

「ですが、新聞は、この世界における自然現象です。現象が嘘をつきますか？」

同じく冷ややかな表情で切り返す。

「広義においては現象と言えます、が、あのルポルタージュは明らかに何者かが書いてますよ。そして、その何者かが、俺たちを殺した真犯人だ」

騒《ざわ》めきが起こる。それは動揺ではなく困惑によるものだろう。

ヒゲオは、しなやかに両手を広げ、五人を見据えた。

「さあさあさあ、お立会いの皆様、大変長らくお待たせしました。ここからが、真相究明劇の本番です。真犯人を、炙《あぶ》り出してみせましょう」

注目が集まる中、緩慢に歩き始める。

「……まず犯人の人物像を推理しましょうか。犯人は、もちろん人間です。現象や神様などでは決してない。しかし、現世の情報を仕入れ、それを記事にし、俺たちに届けるという離れ技をやってのけています。そういうことが可能な人物です。そして、これが決定打なんですけど、髭《ひげ》を生やした男なんですよ。ヤクザさん、心当たりあるでしょ？」

ヤクザは眉根《まゆね》を寄せ、低い声で答えた。

「髭の男、国沢秋夫か？」

ヒゲオは口角を引き上げ、ヤクザのことを指差した。

「ご名答。その通りです。天国屋敷の主人である髭面の爺《じい》さん、国沢秋夫が、犯人です」

「国沢秋夫は、事件当時は不在だったはずだ」

「だから、新聞には嘘が紛れているって言ったじゃないですか」

「それ以前にどうやって俺たちに新聞を届けるんだよ」

「どうやって？　そんなことは天国の住人なら分かり切ってることじゃないですか。原付バイクに乗って郵便受けに投函《とうかん》したんですよ」

困惑という名の淀《よど》みが濃さを増していく。

その状況を楽しみながら、ヒゲオは、人差指を振った。

「犯人である国沢秋夫は天国に来ています。そう考えるのが妥当です」

再びメイドが口を挟む。

「もし新聞配達員のことをおっしゃっているのであれば、ヒゲオ様もご存じではないですか、あれは、音だけであって、姿がありません」

「そうなんですよねえ。困りましたね。なんで姿がないんでしょうねえ。それについて議論する前に、ちょっとスピリチュアルな世間話でもしましょうか。俺たちの魂、いや、残留思念と言ったほうが良いかな、それは、死んでから天国に来るまでの間、どこを彷徨《さまよ》っていたんでしょうね」

メイドは首を傾《かし》げている。そんな彼女に、さらに問う。

「聞きたいんですが、メイドさんが天国に来た時、屋敷の状態は、いまと同じでした？」

「はい。住人が増えた以外、何も変化はありません」

ヒゲオは全員の顔を見回した。

「みなさん、変な感じしません？　メイドさんが一人の頃から天国に変化はない。この天国はメイドさんが創《つく》った世界ですか？　メイドさんの世界に俺たちは迷い込んだだけですか？　違いますよね？　天国は、俺たちの共通認識および望みによって生まれた。これは天啓にも似たこの世界の絶対の真理です。要するに、俺たちは姿を得る前から、天国に影響を与えている。もっと言うと、姿はなくとも、最初から、天国にいたんですよ、記憶はないけどね。それと同時に現世にもいた。少し分かりにくいですかね……」

　声のトーンを落とし、両手を軽く前面に出す。

「あくまで仮説ですが、こんな感じだと思ってください。昨日、遺体発見によって姿を得るという話の中で、量子力学の不確定性原理を引き合いに出しました。覚えてます？　不確定性原理を説明する際の有名な例え話に、シュレディンガーの猫、というものがあります。専門的な話は割愛しますが、簡単に言えば、箱に入れた猫が生きてるか死んでるかは観察者が箱の蓋《ふた》を開けた時に決定される、というものです。決定されるまでは生きた状態と死んだ状態が重なり合って存在している。俺たちのことで言えば、現世と天国が重なっている。遺体が発見されるまで、俺たちは二つの世界に同時にいたんです」

　両手を重ね合わせ、見せつける。

「ここまでは大丈夫ですか？　ついてこれてます？」

　全員、引き続き困惑しているようではあるが、頷いた。

「それでは、以上のことを踏まえた上で毎時新聞の話に戻ります。この新聞、他の現象とは明らかに毛色が違いますよね。電気、ガス、水道、消耗品、あれやこれ、いずれも俺たちが死んだ時の、正確には死ぬ直前の屋敷の状態が再現、そして維持されている。ところが新聞は、新しい情報を発信している。そもそも現世に毎時新聞なんて存在しません。これ、誰の残留思念によって創られたものなんですか？　少なくとも、客として天国屋敷を訪れた人たちは、国沢家が新聞を取っていたかどうかさえ知りません。ならば考えられるのは、国沢秋夫、その人ですよ。国沢秋夫は、新聞社の社長で、記者で、少年時代は新聞配達もしていた。彼にとって新聞は、いわばアイデンティティ。メイドさんのメイド服やコックさんのコック服と同様に、自分という存在を表すためには、なくてはならない物なんです。だから、新聞は世界に組み込まれた。だから、国沢秋夫は天国にいると考えられる。だから、彼は死んでいると思われる。でも、姿がない。なぜ？」

　静かだ。全員、黙り込んでいる。無理もない。あまりにも突拍子もない仮説だ。

「国沢秋夫の意識は現世と天国に同時に存在している。現世を漂い、なんなら事情聴取も覗《のぞ》き、記事を仕上げている。しかも天国で自ら配達まで行なっている。ところが、そこまで丹精込めて創られた毎時新聞には嘘が紛れている。具体的には、パーティー参加者は六人ではなく七人、最初に発見された遺体は男性ではなく女性。探せば他にもあるかも知れませんが、とりあえずこの辺りが代表的な嘘ですかね。どうしてこんな嘘が紛れているのか、彼が犯人であれば辻褄《つじつま》が合います。彼は俺たちを殺すほど恨んでいた。いまも恨んでいる。だから真相を教えたくはないんですよ」

　そこまで言うと、コックが手をあげた。

「少し分からないですね。いえ、話の内容自体は分かるのですが、真相を知られたくないのなら、すべてデタラメを書くように思えます。それなのに、毎時新聞に書かれていることは、概ね真実なのですよね？」

ヒゲオはコックの服を上から下まで眺め、それから問いに答えた。

「アイデンティティを保つギリギリのラインだったんじゃないですかね。あまりに嘘を並べると、新聞という体裁を保てない。コックさんだって、海に行った時には水着に着替えたじゃないですか。でも、コック帽は外さなかった。それがアイデンティティを保つギリギリのラインだった。違います？」

彼は納得したように何度も頷いた。

続けて、ヤクザが手をあげる。

「おい、ヒゲオ、さすがに無理があるだろ」

「どの辺に無理がありますか？」

「最初から、全部だ。ちっとも妥当じゃねえよ。俺にはこじつけにしか思えねえ」

「では、こじつけかどうかは、本人に聞いてみましょうか」

「本人？」

彼は目を見開いた。他の人たちも同じような表情をしている。

「何を驚いてるんですか。俺は最初から言ってます、炙り出すって」

困惑は絶頂を迎えた。戸惑い、狼狽《うろた》え、言葉を失っている彼らを指差し、言い聞かせるように、慎重に続きを語る。

「もうすぐ六時です。新聞配達員がやって来るので、捕まえましょう。そのために、この時間に集まって貰いました」

　ポーチが、たどたどしく言う。

「姿のない人を、捕まえるなんて、無理だよ……」

　ヒゲオは笑みを浮かべた。

「それがね、一つだけ方法があるんだよ。ヒントは、マグロ」

　五人は、また冗談を言っているのではないかと、疑っているようだ。微《かす》かに引きつった笑みを浮かべ、口を開けたままこちらを見つめている。

　そんな彼らに対し、誇らしげに述べる。

「新聞配達員、すなわち国沢秋夫は、なぜ姿がないのか。それは遺体が発見されていないからです。見つかりにくい場所で自殺でもしたのでしょう。ならば遺体を見つけてしまえば良い。それだけで彼は姿を得ます。そこで、マグロです。この屋敷の納戸《なんど》には欲した物が現れる。ただし生き物は召喚できない。植物も動物も、基本、無理です。でもマグロはまるごと一匹取り寄せることができた。要するに、死体は可能なんですよ」

　呼吸を整え、補足を口にする。

「しかし、納戸には別の条件があります。知っているものしか取り寄せできない。幸いヤクザさんは国沢秋夫のことを知っています。俺たちはどうでしょう。おそらくですが、天国屋敷に滞在していたくらいですから、記憶にないだけで知っているとは思います。ただこれだけでは、国沢秋夫の死体を、知っているとは言えない。では……」

　ヒゲオは自身のこめかみに人差指をあてた。

「頭の中で、秋夫くんを殺しちゃいましょうか」

　これは賭《か》けだ。上手《うま》くいくか定かではない。しかし、これ以外の突破口は見《み》出《いだ》せない。

　パンパンパンと手を叩《たた》きながら、調子よく指示を出す。

「はーい、じゃあ、みなさん、目を閉じて、納戸のほうを向いてくださーい」

　五人は一瞬だけ目配せをし合い、それから、渋々目を閉じた。

「準備は良いですかー？　それではまず、国沢秋夫をイメージしてくださーい。覚えていなくても知っているはずです。髭を生やした七十一歳前後の男性です。二つ名はスクープ王。あまくに新聞社の社長です。ちゃんとイメージしてますかー？　笑ってる秋夫、怒ってる秋夫、泣いてる秋夫、はにかんでる秋夫、はいはいはいはい、考えてー、考えてー……」

　あちこちから不満の声があがる。

「うるせえよ。集中できねえじゃねえか」

「そうだよ。少し静かにしてくれよ」

「もー、怒らせたいのかしら？」

　そういった文句に耳を貸さず、引き続き指示を出す。

「はいはい、愚痴を零《こぼ》してないでイメージしてください。次の段階へ進みますよー。頭の中にいる秋夫くんに死んで貰ってください。当たりを引くために色々な方法で死んで貰うんです。死んでますかー？　死にましたかー？　嗚呼《ああ》、ついさきほどまであんなに笑っていた秋夫くんが、秋夫くんが、もう動かない。これは死んでる。確実に死んでいる。はいはいはいはいはい、考えてー、考えてー……」

　またもや不満の声があがる。

「おい、ヒゲオ、いい加減にしろよ」

「名探偵さん、これは本当に真相究明なの？」

「笑わせる気なのよね？　そうでしょ？」

　いよいよ大詰めだ。さらに畳みかけるように指示を出す。

「それでは、次の段階へ行きますよー。秋夫くんは死にました。その死体を欲しがってください。心の底から欲しがってくださーい。秋夫くんの死体が欲しいよ。秋夫くんの死体が欲しいよ。いますぐ納戸に出てきて。福引の景品で当たって。ママ、秋夫くんの死体を買って買って。そんな感じで欲しがってー。死体が欲しい。死体が欲しいよー。

はいはいはいはいはいはいはいはい、考えてー、考えてー……」

　その時、聞こえてきた。納戸のほうから、ドサリ、という音がしたのだ。

　一瞬にして静寂に包まれる。ヒゲオは興奮を抑えながら囁《ささや》いた。

「来た……」

　全員、目を開く。ヤクザが納戸へと走る。ポーチもカメラを手に取って向かう。オジョウ、メイド、コックも急ぐ、もちろんヒゲオも。そして六人は納戸の前に集合すると、無言のまま視線を交わし合って一斉に大きく頷いた。

　納戸の扉を開けて電気を点《つ》ける。そこにあったものを見て、一言、漏らす。

「これは……」

　納戸の中は凄《すさ》まじい異臭が立ち込めていた。

　メイドが口元を押さえ、えずく。オジョウがそんな彼女のことを気遣う。

「私たち、ちょっと洗面所に行ってくるわね」

　ポーチがビデオカメラのモニターから視線を外し、ヒゲオに尋ねる。

「これ、一体、どういうこと？」

　ヒゲオは呆然《ぼうぜん》としながらも問いに答えた。

「納戸には存在しない物は出現しない。現世でも、国沢秋夫は、この状態なんだ……」

　目の前にある遺体。それは、腐っていた。

眼窩《がんか》は窪《くぼ》み、肌は黒く変色している。体内の粘膜が裂けているのか、穴という穴から液体が流れ出ている。とはいえ、腹部の破裂などは見受けられず、いわゆる人の形を保ってはいるので、死後数日、または一、二週間程度といったところだろうか。

ヤクザが口を押さえながら室内に踏み入り、遺体を見下ろす。

「現世では事件発生から一日も経《た》っていねえぞ。しかし、これはよ……」

ヒゲオも歩み寄り、観察する。

「俺たちよりも前に殺されていますね」

国沢秋夫の遺体は頭部が激しく損傷していた。その上、口の中や衣服に大量に土が付着している。おそらく、硬い物で殴り殺され、どこかに埋められているのだろう。

「なあ、ヒゲオ、どう考えても国沢秋夫は犯人じゃねえぞ」

「すみません。また突っ走って間違えました。でも……」

ヒゲオとヤクザは、互いの顔を同時に指差し、声を揃《そろ》えた。

「姿を得る条件は満たした」

廊下からコックの声がする。

「バイクの音が聞こえてきました」

ヒゲオたち四人は急いで玄関へ向かうことにした。しかし、階段ホールの中央まで辿《たど》り着いた時、原付バイクの音が聞こえなくなった。

耳を澄ます。すると、今度は玄関の扉を開閉する音が聞こえた。ヤクザが言う。

「おいおい、向こうから会いに来るじゃねえかよ……」

緊張感が漂う。唾《つば》を飲む。目の前の、玄関に通ずる両開きの扉を睨《にら》む。

やがて、ドアノブが回った。じわじわと扉が開かれていく。人影が、姿を晒《さら》す。

ヒゲオは、その人影に向かって、声をかけた。

「君は、誰だ……」

目の前に立つ影、それは十代半ばと思われる少年だった。どことなく古臭い服装で、緩めのパンツをサスペンダーで吊《つ》っている。

「誰だって？　君たちのほうこそ誰なんだ。私の屋敷に勝手に住みついて」

声色も少年のそれだ。しかし口調は大人びている。

「私の屋敷？　まさか、君が国沢秋夫だとでも？」

「初対面の目上の人間を呼び捨てにするとは、大した度胸だな、小僧」

目の前にいるのは明らかに少年だ。それにもかかわらず、凄《すご》む姿は迫力に満ちていた。

「こ、小僧って、君のほうが明らかに若い、です」

そう言うと、少年は自身の手足や服を見下ろし、何かを懐《なつ》かしむように微笑《ほほえ》んだ。

「……なるほど、そういうことか。私は、この頃に戻りたかったのだな。希望と憧《あこが》れを抱いていた頃に。そうか、分かった」

少年はそう独り言を呟くと、顔を上げ、その場にいる四人を見つめた。

「君たち、すまなかったな。状況は把握した。君たちはこの屋敷で死んだ人たちだろ」

「え、ええ、まあ、そうですね」

「確か死亡者は六人いたはずだが、他の二人はどこに行ったのかな」

「いまは席を外しています。その前に、君は、あ、あなたは？」

「私は、国沢秋夫。天国屋敷の持ち主だ。この見た目については気にしないでくれ」

「いやいや、気になりますよ……」

そう小声で訴えると、国沢秋夫を名乗る少年は、いやらしい笑みを浮かべた。

「君たちが気にしようと、私には説明をする義理はない。私の知り得た情報は、私自身のものだ。何より、君たちは真相を明らかにするという目的の最中にあるのだろう？ならば、自らの能力でもって、その望みを叶《かな》えるが良い」

姿は違えど、この少年が国沢秋夫、ということで良いのだろうか。

迷っていると、ヤクザが隣で囁いた。

「こいつは国沢秋夫で間違いない。口調が本人そのままだ。それに、姿を得る条件によって現れた以上、そう考えるのが自然だろ」

受け入れ難い話ではあるが、少年、もとい秋夫は、なんらかの情報を知っていると思われる。多少媚《こ》びようとも、話を引き出すのが得策だ。

「秋夫さん、色々と教えてくれませんか。あなたが毎時新聞を創ったのですよね？」

「ああ、その通りだ……そうだ、最後の新聞を君たちに託そう」

秋夫は澄ました顔で折り畳まれたザラ紙を差し出した。速やかに受け取る。

「最後？　いま、最後って言いました？」

「そうだな。こちらの世界に実体を得たいま、もう現世の様子を探る術《すべ》がない。新聞は意識によって創られているので発行自体は可能だろうが、新たな情報を加えることは不可能だ。そして私は、望みを叶えたので、先にこの世界から脱出させて貰うよ」

「脱出？　望みを叶えた？」

首を傾げると、秋夫も首を傾げた。

「ここは望みを叶える世界だ。そのことさえ知らないのか？」

「いや、それは感覚的に分かってますよ。ただ、望みを叶えると、一斉に解放されるのだと考えていました。秋夫さん、あなたは一人ずつ消えると解釈しているのですね」

「解釈だと？　いいや、これは真理だ。この世界の法則だ。私はかれこれ半年ほどこの世界にいる。まだ空も、海も、島も、そして屋敷も、何もなかった頃から漂っていた。記憶も蘇っている。大抵のことは理解しているよ」

即座に半年という時間を現世の時間に換算する。

「この世界に半年ということは、あなたは現世で約一週間前に殺されたのですね」

秋夫が嬉《うれ》しそうに笑う。

「鋭いな。君はなかなか面白い」

「ありがとうございます。それで、望みが叶ったということは、事件の真相をすべて把握しているということで宜《よろ》しいですか？」

「真相は、把握している。というよりも、先程、君が言った通り、私は現世で一週間前に死んでいる。最初から見ていたのだよ、君たちが殺されるところも。そのため、真相を知ること、これは私個人にとっては望みとは呼べない。私が叶えた望みは別のことだ」

「とりあえず真相は知っているんですね。じゃあ、教えてくださいよ」

「それは教えない。私が摑《つか》んだネタだ、自分で調べたまえ。手掛かりはあるだろ？」

秋夫は新聞を指差した。ヒゲオは失笑した。

「あなたが嘘を書いているかも知れないのに参考になりますかね」

彼は険しい顔つきでこちらを睨んだ。

「新聞屋の矜持《きょうじ》を馬《ば》鹿《か》にするんじゃない。私は決して嘘は書かない。嘘は、つかない」

迫力と、含みのある言い方だ。

返答を考えていると、ヤクザが会話に割り込んできた。

「俺は、あなたのことを信じますよ。あなたは確かに、嘘は、書かない」

　ヤクザが敬語を使っているところを初めて見た。

「君のことを生前から知っているぞ。確か、福留《ふくとめ》くんだったかな。野心に満ちた、いい記者だった。この世界でも他人を不幸にしているのかね？」

「あ？　どういう意味ですか」

　ヤクザの頬が震えている。ヒゲオはそっと耳打ちをした。

「ペースに飲まれないほうが良いです」

　秋夫は曲者《くせもの》だ。それを考慮しつつ会話を運ばなければ何も情報を得られない。

　改めて対応方法を考える。その時、洗面所からメイドとオジョウが戻ってきた。それを見た秋夫が、オジョウに向かって手を伸ばす。

「おお、その姿を見るのは久しぶりだな。どうだい、元気にしているかい？」

　オジョウは、どこかから湧《わ》いて出た見知らぬ少年に話しかけられ、露骨に怯《おび》えた。彼女は何も返事をせず、ヤクザの後ろに身を隠した。

　秋夫は、少しばかり寂しげな顔をした。

「なるほど、君も、まだ、ほとんど記憶が戻っていないのか。残念だ。まあ、この屋敷で楽しく生活をしてくれ。なにせ、天国の半分は君の物なのだからね」

　天国の半分。どういう意味か知らないが、おそらく、わざと何かを匂《にお》わせている。

「秋夫さん、回りくどい言い方はやめませんか？　まもなく成仏《じょうぶつ》するんですから」

「成仏するからこそだよ」

彼はそう言うと、天国の住人たちの顔を、一人ずつ、まじまじと、眺めだした。それから鋭く口角を引き上げた。

「最期《さいご》にとても面白いものを見れて良かった。複数の望みが絡《から》み合うと、こんなことになるのだな。春斗、聞いているか？　お前が、どんなに抵抗し、足掻《あが》こうとも、やはり祝福が訪れることなどないぞ。私は逝《い》かせて貰う。せいぜい苦しめ。さて、まだ時間が残されているようだが、君たちとじゃれ合う気はないので、眠らせて貰うよ……」

突然、秋夫が呻《うめ》きだす。同時に、彼は頭から大量の血を流し始めた。服装がラフなものからスーツ姿へと変化する。顔の輪郭が歪《ゆが》み始める。次第に髭が生えて、老《ふ》けていく。

そして最後、秋夫は床の上に倒れた。

もはや目の前には少年の姿などなかった。あるのは、髭面の老人の遺体だけだ。

ポーチが、頼りない足取りで歩み寄り、遺体にカメラを向ける。

「ねえ、これ、どういうこと……」

ヒゲオは、苦々しい表情を浮かべ、嚙《か》み締めるように述べた。

「わざと殺された時のことを強く考えて死んだんだ。いわば、意識による自殺だ……」

その後、遺体を納戸に運び、そこで保管することにした。

新鮮な秋夫の遺体と、腐った秋夫の遺体、二つが並ぶ。新鮮なほうは、本人の気合いによって、そのうち生き返る可能性がある。六人はそれを期待したのだ。この混迷した状況を打破するには、真相を知る人から話を聞くのが手っ取り早い。

そして国沢秋夫が目覚めるまでは、総意により、事件のことについて話をしない、という決まりが設けられた。誰もが詳細は分からずとも感じているのだろう。この事件の背景には、薄暗い、直視したくない、真実が横たわっていることを。

しかし、国沢秋夫は、一向に目覚めることはなかった。

八、天使たちの収穫

　次の日の朝食は、またベーコンエッグだった。ただし、いままでのものとは明らかに違った。丸い型を使っているのだろう、直径十センチほどの綺麗《きれい》な円を描いている。黄身は金色に輝き、白身の縁は丁度いい具合にパリッと焼けている。表面には刻みパセリと粗挽《あらび》きの胡椒《こしょう》。そして、それは同サイズの薄いイングリッシュマフィンの上に載っていた。まるで上等なホテルの朝食のようだ。

「イングリッシュマフィンは昨日のうちに焼いておきました。自家製のオーロラソースとチェダーソースも用意してありますので、お好みでおかけください」

　コックはそう言って席に着いた。

「美味《うめ》え！　なんだこれ！　美味えよ、コックさん。本当に美味え！」

　ヤクザが興奮気味に言った。

「うん、美味《おい》しい。俺、こんな美味しいもの食べたの人生で初めてですよ。って、まだ一週間分の記憶しかないですけどね」

そう言うと、隣に座るオジョウが呆《あき》れた顔をした。

「ねえ、ヒゲオさん、余計なこと言うのはやめて、もっと素直に褒めなさいよ」

そんな彼女に対してコックが笑顔で言う。

「大丈夫ですよ。ヒゲオさんはそういう人だって分かっていますから」

「あの、いや、ちょっと茶化しちゃいましたけど、本当に美味しいって思ってますよ」

「ありがとうございます。そう思ってくれていることも含めて分かっています」

食堂内にいくつもの笑い声が響く。

「ポーチさんよ、ちゃんと料理はカメラに収めたか？」

「もちろん。コックさんの進化の記録は全部撮ってあるよ」

そのポーチの言葉に、メイドが補足を加える。

「ポーチ様は、昨日は厨房《ちゅうぼう》の撮影もされていたのですよ」

「昨日は良い画《え》が撮れたよ」

そう言って笑う彼に、オジョウが問いかける。

「私がコックさんを叱《しか》っているところを撮りながら笑っていたわよねえ？」

その問いに反応したのはコックだった。コックは恥ずかしそうに頭を下げた。

「未熟者で、申し訳ありません……」

「謝らねえで良いんじゃねえかな。俺は十分凄《すげ》えと思うぜ。この料理に関して言えば店に出しても恥ずかしくねえよ。数日でここまで上達するならよ、将来は……」

そこまで言ってヤクザは続く言葉を飲み込んだ。すぐさまコックが再び口を開く。

「ありがとうございます。私にとっては、ここはもう、すでにお店のようなものです。調理担当が私で、給仕がメイドさん、みなさんがお得意様です。お得意様に支えられ、この店は、私は、成長できました。これからも成長します」

「それは取材をしねえといけねえな。隠れた名店、店主も客も天使のみってな」

「あら、看板娘のメイドさんを忘れちゃダメよ」

会話は止まらなかった。全員、静寂を恐れていた。油断をすれば事件のことを考えてしまう。いままでは真相さえ明らかにすれば、すべてが丸く収まると思っていた。しかし実際には、その過程において見たくないものを見ざるを得ない可能性がある。誰かには後ろ暗い過去があるかも知れない。誰かには殺されて然《しか》るべき理由があるかも知れない。そういった可能性を受け入れるには、六人は、親しくなり過ぎた。

国沢秋夫の思う壺《つぼ》だ。秋夫は曲者だった。もっと言えば、性格が悪かった。彼は、あの短いやり取りの中に、いくつもの毒を仕込んでいた。そして見事にヘドロのような疑心を植えつけていった。さぞ満足して眠りに就いたことだろう。天使の祝福を奪う悪魔のような存在。一部においてカリスマとして扱われていたのも納得できる。

彼の存在をいっときでも忘れようと、全員、明るく振舞った。明るく振舞ったが、食事を終えた時、一瞬だけ静かになってしまった。

その隙《すき》を突くように、ヤクザが溜《た》め息《いき》をついた。

「さてと、そろそろ話をさせて貰《もら》うとするかな……」

話。察しはついている。ヤクザに視線が集中する。

「実はな、俺とオジョウで何回か納戸《なんど》の様子を見に行ったんだ。そうしたら……」

その話の続きをヒゲオは引き取った。

「国沢秋夫が消えてましたね」

「なんだ、お前も気付いてたのか」

「実は俺も頻繁に納戸を確認しに行ってました。消える瞬間を見たというわけではないですが、今朝の六時に、新鮮なほうの遺体のみが消滅したようです。国沢秋夫は成仏《じょうぶつ》したと考えるのが妥当でしょうね」

ヤクザが再び溜め息をつく。

「そういうことだ。もう国沢秋夫から情報を引き出すことは不可能になった。しかも今朝は予告通り新聞も届いてねえ。こうなったら、俺たちだけで、すでに与えられた材料でもって真相を探るしかねえ」

そう言うと彼は、あらかじめ用意していたのだろう、背後から新聞を取り出した。

「さすがに、みんなもこれはチェックしただろ？」

それは毎時新聞「令和元年七月二十一日午前零時号」。つまり、最後の新聞だ。

テーブルの上に広げられた紙面には、ごく短い情報が加筆されていた。「死亡していたのは、」という一文の後ろに、六名分の名前が、大きく、記されていたのだ。

・天野菊子
・国沢春斗
・佐々木日向
・田辺優
・成瀬秀明
・福留敦彦

その名前を六人は黙って見下ろした。

静けさの中、またヤクザが語る。

「国沢秋夫の証言によれば、どうやら俺は、福留敦彦《あつひこ》、という名前らしい。ただ、生前は自分の名前によほど無頓着《むとんちゃく》だったようで、それを知らされてもピンとこねえ。だから、これからも俺のことはヤクザと呼んでくれて良い」

ヒゲオは念のため確認することにした。

「ヤクザさん、これらの情報は、信用しても良いんですかね」

彼は腕を組み、深く頷《うなず》いた。

「国沢秋夫は、嘘は、嘘《うそ》は、つかねえ。その点だけは信用して大丈夫だろう」

「嘘は、つかないねえ。要するに、情報を切り取ったり、小出しにしたり、隠したりすることはあるってことですね」

「その通りだな。まあ、記者という仕事はマスから注目を浴びてなんぼだ。そのためにはそういう煽《あお》り方をすることもあるさ。実際、この新聞を見てみろ。選挙速報でもねえのにデカデカと名前が、名前だけが、加筆されている。読者である俺たちが何に関心を示すか考えた上で、最後までエンタメを提供しようとしたんだろうよ」

「考えてみると、秋夫くんも寂しい人間ですね。最期《さいご》の遺言がこれとは」

「いいや、俺は尊敬するよ。あの髭面《ひげづら》の爺《じい》さんは記者としての信念を貫いたんだ……さて、そういうわけで、これらの名前について心当たりがある奴はいるか？」

ヤクザがそう言うと、ポーチが一つの名前を指差した。

「僕は、この人物をよく知ってるよ。名前を見て思い出したんだ……」

ヒゲオもすかさず同じ名前を指し示す。

「俺も知ってます。この、成瀬《なるせ》秀明《ひであき》という名前を」

ヤクザが前のめりになる。

「一人の人物に対して二人も知ってる奴が現れるとは意外だな。で、こいつは誰だ？」

その問いにポーチが答えようとする。ヒゲオは咄嗟《とっさ》にそれを遮った。

「ポーチさん、俺から説明するよ。ポーチさんはちょっと黙ってて」

注目が集まっていることを認めてから、大きく息を吸い、慎重に語り始める。

「成瀬秀明は、有名な俳優ですよ。子役としてデビューして、それから二十年以上も第一線で活躍していました。ただし最近になって引退を発表しましたけどね。おぼろげな記憶ですが、事件当日、彼は天国屋敷にいたと思います。同姓同名ではなく、まさに本人が」

すると、ヤクザが目を細め、にやりと口元を歪《ゆが》めた。

「有名俳優が連続殺人事件の犠牲者かよ。こいつは特ダネだ。現世は大騒ぎだろうな。それで？　俺たちの中にいるんだろ？　勿体《もったい》ぶらずにさっさと言えよ」

ヒゲオはポーチに視線を送り、それから肩をすくめた。

「ごめんなさい。顔を思い出せないんですよ。ポーチさんも、そうでしょ？」

「う、うん。そうだね……僕も思い出せないや……」

ヤクザは悔しそうに鼻に皺《しわ》を寄せ、背もたれに寄り掛かった。

「じゃあ、他には？　他に、知ってる名前があるって奴はいるかあ？」

オジョウが、天野菊子、という名前を指差す。他の五人は彼女が何かしら発言するのを待った。ところが一向に口を開かない。

　痺《しび》れを切らしたヤクザが問う。

「オジョウ、この、天野《あまの》菊子《きくこ》っていうのは、誰なんだ？」

　彼女は、躊躇《ためら》いがちに口を開いた。

「天野菊子っていうのは、私の名前よ……ごめんなさい。ちょっとタイミングを逃しちゃって伝えることができなかったんだけど、私、実は、自分が何者なのか思い出したの。昨日、国沢が天国の半分って言った時に、はっきりと」

「すべての記憶が戻ったのか？」

「すべてではないわ。あくまで自分のことだけ。ヤクザさんやポーチさんも自分の職業だけは思い出したでしょ？　それと同じような感じよ」

「じゃあ、生前のオジョウは、どんな人間だったんだ？」

　しばし静寂が漂う。オジョウはゆっくりと首を横に振った。

「言いたくないわ……言いたくない……」

「あ？　いや、無理強いはしたくねえけどよ、国沢秋夫から、天国の半分は君の物って言われたことについて、さすがに無視するわけにはいかねえよ」

「あれは、国沢が私に嫌がらせをするためだけに言ったんだと思うわ。あの人は、すぐそういうことを言うのよ。遠回しに身動きできないようにしてくるの。安心して、事件の真相とはそれほど関係のないことだから」

「随分と国沢秋夫のことに詳しいみてえだな。なあ、何が事件に関係があるかなんて分かりゃしねえだろ。オジョウだって天国の半分って言葉だけで記憶が蘇《よみがえ》ったんだ。言えるところまでで良い。お前のことを俺に教えてくれよ」

その訴えを聞き、オジョウは、諦《あきら》めたようにうつむいた。

「……じゃあ、少しだけ教えるわ。天国屋敷の名前の由来にもなった、あまくに新聞社という社名は、天野と国沢の名を組み合わせたものよ。国沢は、事あるごとにその話を引き合いに出し、私に会社と屋敷を守ることを強いてきたの。表向きは、君のためとか、半分は君の物とか、そんなことを言いながらね」

「どういうことだ？　天野家と国沢家は古くから付き合いがあったってことか？」

「だから、言いたくないって言ってるでしょ！」

二人の間に険悪な空気が漂う。

ヒゲオは面倒臭いと思いながらも仲裁に入った。

「二人とも落ち着いてくださーい。ヤクザさん、天野家とか国沢家とか、そんな話はオジョウの言う通り事件の真相には関係がないと思いますよ。それよりも、もっと他に聞くことがあるでしょ。オジョウ、あるよねえ？」

「私に、聞くこと？　なんのことかしら？」

「君は天国屋敷で暮らしてただろ」

じっと見据えると、彼女は鼻で笑った。

「やっぱり私はヒゲオさんのことが嫌いだわ。顔は素敵なのにね……分かったわ。やっぱりこれだけは言わないといけないみたいね。気が進まないけど……」

そこまで言うと、オジョウはメイドのことを見つめた。

「ねえ、メイドさん。あなたは、何者なの？」

問いかけられたメイドは返事をしない。ヤクザが首を傾《かし》げる。

「おい、オジョウ。急になに言ってんだ？」

「何って、言葉の通りよ。メイドさんはこの屋敷の家政婦ではないわ。だって、私が天国屋敷の家政婦なんですもの」

動揺が走る。特にメイドは唇を震わせるほど狼狽《うろた》えていた。

ヤクザとポーチがオジョウとメイドの顔を繰り返し見つめる。最後に答えを促すようにメイドに視線を定める。メイドは、たどたどしく声を発した。

「私が、私が何者なのか、ですか？　申し訳ございません。記憶がないです……」

オジョウが石膏《せっこう》で固めたような美し過ぎる笑顔を作る。

「責める気はないのよ。怒ってないわ。私は可愛《かわい》らしいあなたのことが大好きなの。だから教えてちょうだい。ほら、いい子だから」

「本当に覚えていないのです……」

「それなら、どうして使用人部屋を使ったのかしら？　あそこは私の部屋でしょ？　メイドさんがあそこにいたから、私は自分の死に場所を思い出すのにも手間取ったわ。怒らないから、正直に話してごらんなさい」

「本当なんです。頭の中に靄《もや》がかかっていて思い出せません。私は、この服を着ていたから自分は家政婦だと思っただけです。悪いことはしていません……」

「当然よ。あなたが悪いことなんてするわけがないわ。私は知りたいだけなの。あなたが正直になってくれないと、私はあなたを守ることもできないわ……」

　メイドは目を見開き、奥歯をカチカチと鳴らし、全身をゆらりと揺らした。

　コックが駆け寄り、そんな彼女を抱き締めて囁《ささや》く。

「メイドさん、落ち着いてください。もう大丈夫ですから……」

　もはや話し合いを続けられる雰囲気ではない。

　ヒゲオは、オジョウを指差し、ホイッスルを吹くジェスチャーをした。

「ピピー。オジョウ、顔が怖いぞ」

　彼女は我に返ったように一瞬だけ背筋を伸ばし、それから下を向いて首を横に振った。

　ヒゲオは指を鳴らし、今度はポーチのことを指差した。

　ポーチが頷いて、大きく手を叩《たた》く。

「さーて、話し合いはこれくらいにして、一旦《いったん》、解散しましょうー」

もちろん誰も反論しない。全員、視線を合わさず、うつむくように頷いた。


食堂を後にすると、一人で応接室に向かった。

犠牲者が寝ていたソファに寝そべってみる。少しばかり足がはみ出してしまうが、なかなか寝心地が良い。その姿勢のままヒゲオは考えを巡らせた。

国沢秋夫は、わざと、いくつもの情報を匂《にお》わせていた。しかし最大の手掛かりとなるのは、そういった情報の数々ではなく、彼の姿だったのではないだろうか。もし、いま考えている可能性が事実だとしたら、必然的に犯人は確定する。

そうなると、あの人は意図的に偽証をしたことになる。つまり、記憶はあるはずだ。

そこまで考えが至った時、扉が開いた。

「ヒゲオさん、ここにいたんだね」

ポーチの声だ。ヒゲオは身体《からだ》を起こし、ソファに座った。

「ここにいたんだねって、俺のこと探してた？」

「ああ、まあ、うん、そうかな……」

彼はそう言って向かいの席に腰をかけた。

探していた理由は分かっている。しかし、あえて、はぐらかす。

「推理中だから面白いことはしないよ。他の人を撮影したほうが良いんじゃない」

「他の人かあ。ちょっと、そんな雰囲気じゃないんだよねえ」

「まだメイドさんの具合悪いの？」

「ああ、メイドさんなら元気になって散歩に行ったよ。それよりもさ、なんかオジョウさんが落ち込んでて、ヤクザさんが必死に慰めてるんだよ」

「あの二人も仲が良いんだか悪いんだか、よく分かんないよね」

投げやりにそう言うと、ポーチが観察でもするかのような視線を寄越した。

「ヒゲオさんは、落ち着いてるよね……」

「だからさ、そんなことないって。演じてるだけだよ」

微妙な間が生じる。ポーチは、視線を落とし、ぽつりと呟《つぶや》いた。

「ヒゲオさんが、犯人なの？」

「はあ？　なんでそうなるの？」

「だってさ、ヤクザさんがそう言ってたし、それにさ……」

そこで彼は顔を上げ、こちらをじっと見据えながら続く言葉を口にした。

「それに、どうして、自分は成瀬秀明だって名乗らなかったの？　ヒゲオさんの顔は成瀬秀明そのものじゃないか」

唾《つば》を飲む。そして緊張しながら返事をする。

「それが、たぶん違うんだよ。まだ上手《うま》く説明できないけど、とにかく違うんだ。俺がそんな有名俳優なわけがない。恐れ多いよ……」

ポーチは首を傾げ、不服そうな顔をした。

「でも、少なくとも俳優だよね？　僕ね、ずっと思ってたんだ。ヒゲオさんの台詞《せりふ》回しや動きは素人《しろうと》じゃないってね。きっと名俳優だ」

「違うよ。違う。俳優じゃないんだ。俺は名俳優なんかじゃない」

「断定的に否定するってことは、記憶が戻ってるんだね？」

「なんでこんな時に鋭いこと言うんだよ。いつもは抜けてるくせに……あ、ごめん。それと、さっきは口裏を合わせてくれてありがとう。成瀬秀明のことは確信が持てなかったからさ、変な誤解をみんなに与えたくなくて黙ってたんだ」

「何か気付き始めてるんでしょ」

「え？　まあ、そうだね。考えがまとまったら報告するよ」

「さすが名探偵だ。期待してるよ」

ポーチは目を輝かせた。どうして中年にもなってこんな純粋な顔ができるのか不思議に思う。そして、どうしてこんな人が殺されたのかも。

その時、庭を歩くメイドの姿が視界に入った。

ヒゲオは立ち上がって、外に通ずるガラス戸に近付いた。

「ポーチさん、ちょっと用事があるからさ、俺、外に出るね。またね」

「あ、うん。また後でね。僕はコックさんの撮影でもしてくるよ」

その言葉を聞いて、ふと思い付く。

「そうだ、ポーチさん。ビデオカメラをさ、後で貸してくれない？　ほら、いま納戸は秋夫くんが発酵中で取り寄せが使えないし、頼りになるのはポーチさんだけなんだよ」

「貸すって、どれくらいの時間？」

「予想がつかないなあ。早ければ数分。ひょっとしたら数時間とかかも」

「えー、じゃあ、夕食の後なら良いよ」

「分かった。じゃあさ、その頃に借りに行くよ。じゃあね」

ガラス戸を開け放ったまま庭園に出る。メイドの姿を求めて歩き回る。

メイドは、郵便受けの近くの植え込みを見下ろしていた。

「何かそこにありました？」

後ろから声をかける。メイドは力のない表情で振り返った。

「いいえ。なにも」

ヒゲオはメイドの横にしゃがみ込み、土の露出した植え込みを見つめた。そこには大きな穴があいていた。土の中に空洞ができて崩れ落ちたように見える。

「あーあ、せっかくの苗がダメになっちゃいましたね。メイドさんが植えたんでしょ？」

「申し訳ありません。記憶にないです」

「自称天国屋敷の家政婦オジョウさんがさ、一昨日、言ってたんですよ。天国屋敷では市販の苗は庭に植えないそうです。知ってました？」

「いいえ、知らないです」

「苗を植えた人は、もちろん屋敷の関係者だと思うんですが、庭いじりだけはそんなに経験がなかったんでしょうね。それなのに、なんで土を掘り返したのか。そして、なんで今更、穴があいてしまったのか。なんでだと思います？」

そう言ってメイドの顔を見上げる。彼女は苦しげな表情をしていた。

「信じてくださらないかも知れませんが、私は、本当に、首を斬《き》られて殺された以外の記憶がないのです。他の人たちのように何かを思い出すこともありません……」

ヒゲオは改めて植え込みにあいた穴のほうを向いた。

おそらく、この穴があいた原因は、国沢秋夫の遺体だ。

「秋夫くんか……そうだな。うん。メイドさんの言うこと信じますよ。信じられます。国沢秋夫は念じるだけで新聞を発行してたみたいです。凄《すご》いですよね」

「……急になんの話でしょうか？」

「まあ、聞いてください。天国は共通認識と望みによって創《つく》られました。俺がこの屋敷に来た時にメイドさんが教えてくれたことです。要するに、望みは世界に影響を与えるんですよね。例えば、気合いでの蘇《そ》生《せい》や納戸の出現現象、国沢秋夫の新聞発行、いずれも望みの力によるものです。俺たちが思っていたよりも、その力は有能だった。だから、思い出したくないという望みによって、記憶が消えてしまうこともあり得ると思います」

　メイドの顔を窺《うかが》う。何か考え込んでいるようだ。

　ヒゲオは話を続けることにした。

「思うんですよね。俺たちは自分の名前を思い出せない。死亡者リストを前にしても思い出せないんです。ヤクザさんとオジョウは名前が判明しましたけど、あれは国沢秋夫からヒントを貰っています。反面、憧《あこが》れの人の名前は覚えている。不自然じゃありません？　たぶん、自らの望みによって記憶を消しちゃったんです。後悔とか苦しみとか、そういうものを忘れたくて、生前の名前も経歴も意識的に消してしまった。返り咲きのために……」

「まるでバラの剪定《せんてい》のようですね。新たな花芽のために枝を切り詰める」

「そうそうそう、そんな感じ。それで、メイドさんは俺たちよりもさらに忘れたいという望みの力が強かった。ただそれだけのことじゃないですかね。ここは望みを叶《かな》える世界です。俺たちは記憶を消すという望みをすでに得ていた。でも忘れたら忘れたで、今度は真実を知りたいと思っている。わがままだ」

ヒゲオは立ち上がり、メイドのほうへ向き直った。

「本当はこんな話をするんじゃなくて、質問攻めにするつもりだったんですけど、記憶がないんじゃ、無理ですよね。屋敷に戻ります。お付き合いありがとうございました」

その場から去ろうとメイドに背を向ける。すると、彼女が呼び止めた。

「ヒゲオ様、申し訳ございません。先程、私は少しばかり嘘をついてしまいました」

振り返って首を傾げる。

「嘘、ですか？」

「はい。私は、殺された以外の記憶も、一つだけあります。会いたい人がいるのです。おぼろげな記憶で、その人の姿も名前もはっきりとは思い出せませんが、とても大切な人だったということだけは分かります。きっと、完全に忘れるなんて、望めなかった」

ヒゲオは微笑《ほほえ》んで、優しい声色でメイドに告げた。

「たぶんね、その人もメイドさんのことを大切に想《おも》っていると思いますよ」

メイドは口を固く結んだまま、あいまいに頷いた。

ヒゲオは小さく手を振って、その場を後にした。

陽が落ちてから、自室にこもって毎時新聞を読み漁《あさ》る。

　昼食後と夕食後にも簡素な話し合いが設けられた。主に死亡者リストについてのことだったのだが、誰がどの名前なのか特定することはできなかった。オジョウは何も語りたがらない。メイドは何も覚えていない。その上、リストの名前には性別を予測することさえ叶わないものがあったからだ。

「あの髭面爺さん、わざとやってんだろ……」

　国沢秋夫は、意図的に、年齢や性別といった、必要な情報を紙面に記さなかったのだろう。嘘をつかずに効果的に他人を困らせる方法を選んだに違いない。それは、殺された恨みを晴らすとか、エンターテイメントを提供するとか、そういった理由によるものではないと思われる。性分だ。ただ単にそういうことが好きなのだ。オジョウの言っていた彼の話からも、それはなんとなしに察せられる。だからこそ殺されたんだ。

　溜め息をつく。

　新聞の内容を読む限り、いま考えている仮説は、整合性が取れている。あとは確証を得るために実験をするだけだ。

　国沢秋夫は少年の姿で現れた。しかし老人の姿で死んだ。ならば。

　ヒゲオは、借りてきたビデオカメラを三脚にセットし、録画ボタンを押した。それからベッドに横になり、目を閉じて殺された瞬間のことを強く想った。

　頭の奥で映像が瞬《またた》く。薄暗い部屋が見える。燭台《しょくだい》型のウォールライトが光っている。

誰かがやって来る。それは、よく知っている顔だ。憧れ、いや、崇拝に近い、そんな感情が心のうちを埋めていく。

――こんな時間にどうしたんですか？

――一緒に来て欲しいんだ。正装に着替えてくれ。

ネクタイを締めるために姿見に向かう。よく知る顔の人物は背後に立った。ウォールライトの光が、その顔を鮮やかに浮き上がらせる。彼には髭が生えている。

――サプライズの準備？　なんで正装に着替えるんですか。

――ささやかな祝福のためだよ。

彼の手元で、何かが光った。クレーバーナイフだ。

真一文字の白い軌跡が描かれる。喉元《のどもと》に出来上がった傷が笑うように口を開く。真っ赤な涎《よだれ》が流れ出る。激痛が走った。目を見開いた。死を直感した。

服が赤く濡《ぬ》れる。いや、濡れているのは枕《まくら》だ。ここは夢か。現在の部屋か。思考が乱れる。頭の内側が冷えていく。目に映る景色が歪んでいく。

やがてヒゲオは、ベッドの上で呻《うめ》き声をあげることもなく、息絶えた。

その後、どれほどの時間が過ぎただろうか。

目が覚めた。夜の海を思わせるまどろみから浮き上がることができた。真相を知らずに死にたくはない。そんな望み、あるいは気合いによって、無事、復活を遂げたようだ。

ヒゲオは身体を起こし、室内を見回した。死ぬ前と何も変化はない。時計を見ると、意識がなかったのは数分だけだった。

「痛かったあ。絶対にもう死にたくない……」

喉元を労《いた》わるように撫《な》でてから、慌《あわ》ててビデオカメラを確認する。ちゃんと撮影はできている。そこで、さっそく録画映像を見ることにした。

死ぬ直前の時間を選んで再生ボタンを押す。モニターには、ベッドの上で血を流しながら痙攣《けいれん》する自身の姿が映し出された。

映像を見終えると、ヒゲオはベッドに座って頭を抱えた。

「そうだと思ったんだよ……俺が二枚目なわけなかったんだ。やっぱり俺は有名な俳優なんかじゃなかった……そうだ、俺は……」

華やかに咲くことのできなかった、そこらの雑草だ。

九、望み

「今朝もご来店くださり、ありがとうございました」

　コックとメイドが深々と頭を下げた。

　と同時に、食堂内は静かになった。先程までは不自然なほど賑《にぎ》やかだったのだが、食事を終えたことでまた不毛な議論が始まるのではないかと、誰もが憂鬱《ゆううつ》になったのだ。

　そんな雰囲気の中、ヒゲオは控えめに手をあげた。

「あの、ちょっと話があるんですけど」

　力のない視線が集まる。全員、無言だ。それを相槌《あいづち》と受け取り、速やかに切り出す。

「実は事件の真相が分かった気がするんです」

　その言葉に対し、ヤクザが茶々を入れてくる。

「やっぱりお前が犯人だったってか？」

「そういう冗談はやめません？　真剣に言ってるんです」

「じゃあ、さっそく、その真相ってやつを聞かせてくれよ」

「それがですね、言うかどうか迷ってるんですよ」

困惑の気配が微《かす》かに漂う。ヤクザは目を細め、緩慢に述べた。

「一人だけで成仏《じょうぶつ》するつもりか？」

　小さく首を横に振る。

「そんなつもりはないです。むしろ……」

「勿体《もったい》ぶらずにさっさと言えよ」

　ヒゲオは意を決し、大きく息を吸った。

「みんな揃《そろ》って成仏しない、そんな選択肢もあるんじゃないかって思ったんです」

　再び静寂が降りる。五人はそれぞれ考え込んでいる。

　そんな彼らに、畳みかけるように言う。

「真相究明を諦《あきら》めて事件のことを忘れてしまえば、永遠に六人で遊べます。それこそ、毎日海に行って、毎日コックさんのレストランに通って、納戸《なんど》を片付ければ取り寄せもできて。映画も撮れるし、好きなだけ記事も書ける。楽しくないですかね、そんなのも。しかも飽きたら自分のタイミングで死ねる」

　返事はない。当たり前だ。ヒゲオにしても昨晩から悩み続けているのだ。即座に答えを出すことなど無理だろう。今日の話し合いは、これにて終了だ。

　そう思った時、声がした。

「私は真相を知りたいです……」

か細い声。それはメイドのものだった。

「私は真相を知りたい。自分が何者なのか知りたいのです。私には生前、大きな望みがありました。確かにありました。でも、どんな望みだったのか、それさえも思い出せないでいるのです。もし真相を明らかにすることで記憶が蘇《よみがえ》るのであれば、私は、知りたい。そうすれば心は満たされる。そんな気がするのです」

メイドの表情からは覚悟が読み取れた。明言は避けているが、彼女の言う大きな望みとは、昨日言っていた大切な人に関することだろう。

その意見に対して他の人たちは何を思っているのか、それを確認するため辺りに視線を這《は》わす。すると、オジョウと目が合った。彼女は柔和な笑みを浮かべた。

「私も知りたいわ。というより、受け止めなければいけない事実がある気がするの。それにね、誰かさんが言ってたんだけど、未練の残りカスで出来上がった世界からは、さっさと脱出したほうが良いでしょ」

続けてヤクザが言う。

「誰かさんって俺のことじゃねえかよ。まあ、あれだな、オジョウの言う通りだ。真相を探ろうとしねえのは逃げてる感じがして、どうにも落ち着かねえ」

ヒゲオは重苦しい面持ちでヤクザに問いかけた。

「俺の推理を聞いたら、逃げておけば良かったって後悔するかも知れないですよ」

「気負うなよ。だいたいな、お前の推理はいつも外れる」

そう言って彼は、おどけるように笑った。

ヒゲオも笑う。いつも、という言葉が面白かったのだ。いつも。それは積み重ねた時間によって生じる言葉だ。たった一週間ほどとはいえ、いつも六人は一緒にいた。いつも六人は話し合いをした。

「……そうですね。分かりました。真相を明らかにしましょうか」

いまの自分たちの姿は、返り咲きの花に似ている。それに対して、積み重ねた時間や過去は、茎や根と言える。たとえそれが華やかさに欠ける部位だったとしても、茎や根がなければ、咲いた花は歪《ゆが》んだイミテーションでしかない。やはり、かつての、いつもの、本来の自分を、真実を、取り戻さなければならないだろう。

「異論、ありますか？」

尋ねても、誰も何も言わない。

ヒゲオは一つ頷《うなず》き、そして告げた。

「それでは、約一時間後、午前九時に、階段ホールに集合してください」

一旦《いったん》、解散する。

コックは厨房《ちゅうぼう》へ、ヤクザとオジョウは二階へと向かった。

ヒゲオは、準備の手伝いを依頼するため、ポーチに声をかけようとした。ところが、こちらが何かを言うよりも先に、彼のほうから近付いてきた。

「ヒゲオさん、ホールに集合ってことは講演会やるんでしょ？」

「あ、ああ、そうだね」

「良い画《え》は撮れる？」

「それなんだけどさ、実はまたビデオカメラを貸して欲しいんだ。撮影は諦めて」

「え？　それは残念だな……」

「その代わり衝撃的なものを見せてあげるよ」

「それは楽しみだ。ワクワクするよ」

「ワクワクって、本当にポーチさんはマイペースだよね……」

そんなやり取りをしていると、視線を感じた。食堂の隅からメイドが不安げな表情でこちらを見つめていたのだった。

ヒゲオはポーチに断りを入れてから、メイドに歩み寄った。

「メイドさん、安心してください。大丈夫ですよ」

「なんでも見通しているかのような口振りですね」

「ええ。だって、メイドさんの大切な人は、きっとメイドさんを助けに現れます」

当然ながらその言葉の真意はメイドに伝わっていない。しかしヒゲオは、それ以上の説明はせず、彼女に背を向けて講演会の準備を始めることにした。

いま説明などせずとも、もうすぐ、すべては明らかになるのだ。


階段ホールに大型テレビを設置する。もちろん番組は映らない。大きなモニターとして活用する予定だ。ポーチに手伝って貰《もら》い、各種接続をする。

作業を終えて顔を上げると、すでに天使たちが揃っていた。全員、思うところがあるのか、神妙な表情をしている。振り返ってみれば、初めてこの屋敷に来た時も、ここには神妙な顔をした六人が集っていた。不意に感慨が込み上げる。

時刻は、まもなく午前九時。

ヒゲオは、気持ちを切り替えるために、長い黙礼をした。

余計な前振りなどいらない。

――さあ、最期《さいご》の舞台の幕開けだ。

天井を仰ぐ。窓から舞台照明を思わせる光が注いでいる。柱や腰壁が赤金色に輝き、辺りは絢爛《けんらん》に染まる。この美しさに負けないように、この美しさを纏《まと》うように、ヒゲオは真っ直ぐ立つ。上を向いたまま大きく息を吸い、吐き出しながらうつむく。両手をしなやかに左右に広げ、それから、ゆっくりと腹の前で重ねる。顔を上げる。正面を見つめる。そして、始まりの台詞《せりふ》を口にする。

「ここは、天国です」

一瞬にして空気が張り詰める。時間が止まったかのように静かになる。誰一人、口を開かない。全員、こちらに注目している。

「ここは望みを叶《かな》える世界です」

改めて深く呼吸をする。一人ひとりの顔を順に見つめる。静けさという背景音を十分に堪能《たんのう》させてから、目を細め、声を低めて言い放つ。

「そして、望みによって歪んだ世界だ」

片足を一歩退《ひ》いて身体《からだ》ごと右を向き、ヒゲオは、緩慢に歩き始めた。

「……天国の住人たちには、望みがある。その望みを叶えた時、住人たちは天国から解放される。これは天啓。これは真理。これは法則。では、望みとは？　まず、全員に共通する望みがあります。それは事件の真相を明らかにすることです。次に、それぞれ個人的な望みもある。この屋敷の主人である国沢秋夫は、すでに、その両方の望みを叶え、無事に成仏しました。彼の個人的な望みとは、なんだったのでしょうね」

五人の顔色を窺《うかが》う。考えを巡らせているようだ。

「彼の個人的な望みがなんだったのか、その答えについてはひとまず置いておいて、俺たちの望みについても考えてみましょうか。ポーチさんの望みは映画を撮ることだった。ヤクザさんの望みは特ダネを取材することだった。さて、他の四人はどうでしょう？」

足を止めて問いかけると、コックが手をあげた。

「私は腕の良い料理人になりたいです……」

「はい。素敵な望みですね」

他の意見を求めて辺りを見渡す。すると、今度はオジョウが手をあげた。

「私はいい男に出会いたいわ」

「それも立派な望みだ」

念のためメイドにも視線を定める。しかし案の定、彼女は何も言わなかった。

続く意見がないことを確かめ、再び語り始める。

「些末《さまつ》なものも含めると、他にも色々な望みが挙がるでしょう。でもね、俺が言いたいのはそんなことじゃない。実は、俺を含めた四人には、共通する望みがある。いや、正確には、望みがあった。そしてそれは、国沢秋夫の望みと、同じものです」

ここで一旦区切る。観客の五人は、話の意図を理解できていないからだろう、戸惑った表情を浮かべている。

ヒゲオは、安心を促すため、そろそろ本題に入ることにした。

「今日は、事件の真相について説明をします。ここまでの話は、望み、についてのことでした。関係のない話に思えますが、この望みこそが、真相への道のりを複雑に歪めたのです。逆に言えば、秘められた望みを明らかにすることで、すべてが解決します」

尻《しり》のポケットに差し込んでおいた新聞を抜き取り、高く掲げる。

「ご存じの通り、これは国沢秋夫が創《つく》った毎時新聞です。先日、俺はここに書かれた記事に嘘《うそ》が紛れていると言いました。覚えてますか？　覚えてますか……」

一人ずつ丸めた新聞で指していく。全員が頷いたのを確認し、ヒゲオは声を張った。

「では、それは、忘れてください！」

ポーチが唇を尖《とが》らす。

「言うと思ったよ」

その指摘に対して感謝の一礼をしてから、すぐさま説明を再開する。

「この記事は大半が事実であると確定しています。先日は、国沢秋夫が犯人ならば、ということを前提に、辻褄《つじつま》の合わない部分のみを嘘と断定しました。ところが、国沢秋夫は一週間も前に死んでいた。もちろん彼は俺たちを殺せませんし、嘘を書く必要もない。となれば、記事はすべて事実と考えても良いでしょう。ヤクザさん、どう思います？」

「その通りだな。昨日も言ったが、国沢秋夫は、嘘は、書かない」

「では、ここからは毎時新聞を全面的に信頼して話を進めさせて貰います。記事がすべて事実とすると、三日前に提示した、遺体が発見された順に俺たちは天国に来たという話と、遺体の入れ替えが行なわれたという話が、真実味を帯びてきます。前者の発見された順に入国という話、こちらは、いまでも真実だと思っています。というより、真実でしかあり得ません。ただし後者については、その、なんていうか、無理があるかなあって……」

わざとらしく言い淀《よど》むと、コックが小さな声で述べた。

「否定する根拠がないのですね？」

ヒゲオは、視線を逸《そ》らし、新聞をテレビの近くへ投げ捨てた。

「まあ、焦《あせ》らないでください。確かに完全に否定することはできません。ですが、先日も言った通り、遺体を入れ替えることにメリットがなさ過ぎます。そして何より、この事件の犯人が、そんな手の込んだことをするとは思えないんです」

ゆっくりと顔の前で人差指を立て、慎重に続きを語る。

「考えてみてください。まず、事件当時、俺たちが天国屋敷に滞在していたのは、大雨によって不可抗力の軟禁状態にあったからです。要するに、偶然なのですよ。ここから分かる通り、計画的な犯行でないことは明らかです」

立てた指を力強く振り、更に語る。

「次に、殺し方がおかしいんです。犯人はクレーバーナイフというナタのような刃物で俺たちの首を斬《き》りました。包丁で刺したりしたほうが簡単に思えます。それなのに、どうして、そんな殺し方をしたんだと思います？」

質問を投げると、ヤクザがポンッと手を打った。

「首を斬ること自体に意味があったんだな？」

ヒゲオは口をへの字に歪め、肩をすくめながら首をブンブンと横に振った。

ヤクザが露骨に舌打ちする。それを見て思わず笑ってしまう。

「俺もね、ヤクザさんと同じことを考えたことがあります。でも、たぶん違います。首を斬ること自体が目的だったならば、あらかじめ凶器を用意すると思うんですよね。しかし犯人は屋敷に置かれている刃物を使った。では、なぜ首を斬ったのか。それは、厨房の様子を知っていれば、なんとなく分かります。ねえ？　オジョウ」

話を振られたオジョウは自信なさげに返答した。

「クレーバーナイフしか見つからなかったからかしら？」

彼女のことを指差す。

「正解。クレーバーナイフは壁にかかっていて目立つんです。それに対して他の刃物は収納されていて探すのが大変です。それで犯人はクレーバーナイフを手に取った。その刃は長方形で、刺せない。結果、斬りかかるという手段を選ばざるを得なかった」

両腕を広げ、諭すような口振りで話をまとめる。

「以上のことから、犯人は衝動的に凶行に及んだと思われます。そんな犯人が、遺体の入れ替えなどという面倒なことをするとは思えないですねえ」

すると、ヤクザが憐《あわ》れむような顔をした。

「しかしそれは、ただの印象だろ？　新聞を信じるなら、遺体の入れ替えが行なわれたのは確実だ。そして入れ替えを行なえた人物は限られる。ちなみに犯人は髭《ひげ》の生えた男だってお前は言ってたよな？　それともあれか？　また、忘れてくださいって言うのか？」

ヤクザの目を、じっと見据える。

「いいえ、忘れないでください。犯人は髭の生えた男です」

「それじゃあ、悲しいことだが、お前が犯人なんだよ」

「いいえ、違います」

「遺体の入れ替えが可能な髭の生えた男は他にいねえだろ」

ヒゲオはヤクザから視線を外し、他の人たちに向かって訴えることにした。

「話を整理するため、ヤクザさんが俺を犯人とする根拠を改めて説明しますね。俺たちは遺体が発見された順に天国に来ています。最初の入国者はメイドさんなので最初に発見された遺体は女性のはずです。ところが、救急隊員が応接室で見た遺体は男性だった。この矛盾を解決するには遺体を入れ替えるしかない。それが可能だったのは俺とポーチさんだけ。また、犯人は髭を生やしていた。その条件を満たすのは俺ヒゲオだけ」

ここで間を置く。それから注意を引きつけるように、声を潜めて続く言葉を口にする。

「しかしですね、この二つの根拠を一発で否定する証拠を、俺は持っています」

ヤクザが眉根《まゆね》を寄せる。

「証拠だと？」

「はい。あまり見せたくはないのですが……」

そう言ってビデオカメラを操作する。テレビ画面に、目を閉じて横になるヒゲオの静止画が映る。ヒゲオは、溜《た》め息《いき》をつき、重苦しい口調で全員に告げた。

「えーっと、いまから、ちょっとした衝撃映像を流します。この映像を流すと、真相まで一気に転がっていきます。覚悟は良いですか？」

全員の顔を見回す。五人は、真剣な面持ちで頷いた。

ヒゲオは、深呼吸をし、再生ボタンを押した。

テレビ画面の中のヒゲオが苦しみだす。全身を痙攣《けいれん》させ、首元から大量の血を流し始める。やがて、その顔は真っ青になり、形が歪み、髭がなくなった。

ポーチが呆然《ぼうぜん》と述べる。

「これ、一体、どういうこと……」

ヒゲオは一時停止ボタンを押した。テレビ画面に映っているのは、髭を生やした二枚目男性ではなく、髭のない、冴《さ》えない顔をした男だ。

ヒゲオは目を閉じて、うつむいた。

「特撮、じゃねえのか？」

ヤクザが呟《つぶや》いた。

目を開き、力のない声で、説明を始める。

「特撮ではありません。そんな技術も機材も持ち合わせていないですよ。これが、生前の俺の姿です。イケメンではない。ヒゲオなのに髭もありません」

自身の言ったことに対し、乾いた笑いが込み上げる。

「……大して驚いていない人もいることでしょう。すでにこの現象に気付いていたでしょうしね。でも知らない人のために解説をしておきます。国沢秋夫が現れた時、彼は少年の姿だった。要するに、生前と天国での姿は必ずしも同じというわけではないんですよ。ただし死ぬ時には、死んだ瞬間のことを強く想《おも》うためか、元の姿に戻ってしまう」

辺りが静けさに包まれる。

ヒゲオはテレビの電源を落とした。

「あまり見て欲しくないので映像は消しますね。さて、ヤクザさんとポーチさんは死んだ際も姿が変わりませんでしたので生前と同じ姿です。他の四人は？　実は、姿が違う。なぜ生前と違う姿の人間がいるのか。ここで冒頭の望みの話に戻ります。四人、あと国沢秋夫は、姿を変えることが望みだったんです。そうだよねえ？　オジョウ」

オジョウのことを横目で見つめる。

「なんのことを言ってるのかしら？　分からないわ」

「惚《とぼ》けなくて良いよ。君は天国屋敷の家政婦なんだろ？ 屋敷のことに詳しいので、そのこと自体は疑っていない。ただし新聞によれば、国沢秋夫は二十五年前に離婚し、以降は息子の春斗と家政婦の三人で暮らしていた。十代の女性が家政婦なわけないんだよ。それに秋夫は君に対して、その姿を見るのは久しぶり、と言っていた。最初はオジョウのことを見るのが久しぶりなのかと思ったけど、秋夫は現世で俺たちが殺されるところを見ている。久しぶりってほど久しぶりでもないよね。あの言葉は、十代の頃の姿を見るのは久しぶりって意味だ。あまくに新聞社が設立されたのが昭和五十六年。それにオジョウが一枚噛《か》んでいるってことは、その頃に十代後半だったとしても、実際の年齢は六十歳前後、あるいはそれ以上。少なくとも、君は、年長者だ」

その顔を指差すと、オジョウは苦々しい表情を浮かべた。

「本当にヒゲオさんって余計なことしか言わないわよね。だから嫌いよ」

ヤクザがたどたどしく言う。

「オ、オジョウ、お前、ほ、本当に、年上なのかよ……」

「ええ、ごめんなさいね。国沢秋夫と同年代よ」

何があったのか知らないが、ヤクザは酷《ひど》くショックを受けている。

他の人たちも、ヤクザほどではないにしろ、動揺している。そこで、仕切り直すために指を鳴らした。再びこちらに視線が集まる。

「さあ、ここからは個人のプライバシーを暴《あば》きにかかります」

全員の反応を一瞥《いちべつ》し、そしてすぐ言葉を継ぐ。

「その前に、一方的に追及ばかりするのはフェアじゃないと思いますので、俺が昨夜思い出した、俺自身の過去について、みんなに話をしようと思います……」

呼吸を整える。出来る限り落ち着いた声色で語り始める。

「俺は、俳優の成瀬秀明の付き人をしていました。表向きはマネージャーという身分ですが、プライベートの世話もしていたので付き人という呼び名がしっくりきますかね。幼い頃から彼に憧《あこが》れていて、二十代前半までは俺も役者を目指していました。それで彼と同じ事務所に所属したんです。かつては、うん、かつては、あの人のようになりたいと思っていました。その頃、凄《すご》い努力したんです。レッスンとか俺が一番頑張っていたと思いますよ。それなのに、まったく芽が出なかった。さっきの映像見たでしょ。顔は悪いし、不器用だから、誰も評価してくれなかった。それで役者は諦めました。その代わり、俺の夢を成瀬秀明に託したんです。あの人をさらに輝かせることこそが生きる目的になった。もはや崇拝ですよ。でも、実は、まだ、諦め切れていなかったんだ。諦め切れていなかったから、この世界では、あの人の姿になってしまった……」

ポーチが、悲しげな顔をする。

「そういうことだったんだね」

「なんか申し訳ない。良い画なのは成瀬の顔であって俺じゃないんだ」

「違うよ。ヒゲオさんはさ、名探偵っぷりが良いんだよ」

「あ、ああ、ありがと……」

様々な感情がないまぜになって言葉に詰まる。一旦うつむいて大きく息を吸う。それから顔を上げ、五人を見つめながら、言い放つ。

「そんな俺の人生は、成瀬秀明に殺されて終わりました」

空気が騒《ざわ》めく。ヒゲオは、人差指を指揮棒のように振った。

「この事件の犯人は、髭を生やした二枚目俳優、成瀬秀明です。みんなの前にいるこの顔が犯人です。もちろん俺のことじゃないですからね。本物の成瀬秀明が犯人です」

言い切ると、ヤクザが指を差してきた。

「おい、お前が嘘をついているとは思わねえが、さすがに個人の記憶だけを根拠に犯人と断定するのは横暴じゃねえか？　勘違いもあり得るだろ」

「その通りですね。でも安心してください。記憶だけを根拠に犯人探しをするつもりはありません。先程も言いましたが、これからプライバシーを暴きます」

そう言ってまた緩慢に歩き始める。五人とも、怯《おび》えているのだろう、息を潜めて次の言葉を待っている。それに対してヒゲオは、淡々とした調子で切り出した。

「察しはついているかも知れませんが、姿が変わっている可能性がある以上、性別の矛盾は消滅します。ここまで説明してきた通り、十中八九、遺体の入れ替えなんて行なわれていませんよ。要するに……」

足を止め、全員の顔を見据える。

「生前、メイドさんは男性だったんです」

メイドに視線が集中する。彼女は虚《うつ》ろな目をして全身を震わせていた。

予定通りの反応だ。ヒゲオは速やかに次の展開へ移行しようとした。ところが、それよりも先にコックが口を挟んできた。

「ちょっと待ってください。決めつけるのは無理があります。遺体の入れ替えを否定できていないじゃないですか。それに姿が変わるといっても、オジョウさんと秋夫さんは若返っただけですし、ヒゲオさんも顔が変わっただけです。性別までは……」

その発言は進行の妨げになりはしない。むしろ、スムーズに次の展開へと進めるようになった。ヒゲオは語気を強めてコックに尋ねた。

「なるほど。コックさんは、確証がないと納得できないって言いたいんですね？」

「え、あ、それは……」

コックは余計なことを言ったと気付いたようだ。狼狽《うろた》えている。

ヒゲオは冷ややかな面持ちをして、肩をすくめた。

「メイドさんが男性だったのか女性だったのか、それを確かめる方法は簡単ですよ。俺たちの目の前で、死んで貰えば良いんです」

足早にメイドに歩み寄り、さっそく命じる。

「では、メイドさん、死んでください。死に方は分かってますよね？」

彼女は震えながら首を横に振った。

「メイドさん、死んだ瞬間のことを強く想うだけです。さあ」

「嫌です。許してください……」

「簡単なことですよ。気合いを入れれば生き返れますし」

「嫌なんです。元に戻りたくない……」

「真相究明のためです。あなたも素性を知りたがっていたじゃないですか！」

「嫌だ！　戻りたくない！　戻りたくないんです！」

悲痛な叫びによって、不安げな声がいくつもあがる。

「おい、ヒゲオ、やり過ぎじゃねえか？」

「そうだよ。こんなの見たくないよ」

「一回休憩にしましょ。落ち着いて話をしましょうよ」

それでもヒゲオはメイドに視点を定めたまま追及を緩めなかった。

「黙っててください。もうすぐ真相が明らかになりますから。ほら、メイドさん、死んでください。早く死んでくださいよ！　あなたは男なんでしょ！」

メイドは両手で顔を覆《おお》って泣き叫んだ。その時、

「やめろぉ！」

声が響いた。一瞬にして意識が持っていかれる、それほどに存在感のある声。

ヒゲオはゆっくりと、その声を発した人物のほうへ向き直った。

「凄い迫力ですね。まるで名俳優だ。ねえ？　コックさん」

コックは、先程までとは違う、鬼のような形相をしていた。

「やめるんだ。それ以上、彼女を追い詰めるな」

「いいえ、やめません」

「君は、この世界でも、彼女を苦しめるのか……」

ヒゲオは嘲《あざけ》るように笑った。

「なんのことを言ってるのか意味が分からないですねえ」

彼は、もはや取り繕う気が一切ないのだろう、露骨に恨みの言葉を口にした。

「外道《げどう》が！　天国に連れてきても悔い改めさえしないんだな！」

ヒゲオはうつむく。そして、静かに告げる。

「みなさん、聞きました？　俺たちを殺した犯人は、成瀬秀明こと、コックさんです」

劇場は凍りつく。衣擦《きぬず》れの音さえも消え、完全な無音になる。

そんな中、メイドが崩れるように床に座り込んだ。

即座にヒゲオはオジョウに指示を出した。

「悪い、オジョウ、メイドさんを支えてあげて」

　オジョウはメイドに駆け寄って、寄り添うように隣に座った。

　改めてコックのほうを向き、優しく話しかける。

「安心してください。メイドさんに死んで貰う気なんてありませんよ。演技です。殺人犯を見つけるために殺人をしたら本末転倒だ」

　コックは、少しは落ち着きを取り戻したようだが、その目には未《いま》だ怒りを宿していた。

「どうだかな。君の生前の行ないを思えば、それくらいのことはやりそうだ」

「申し訳ないです。過去に何をしたのか覚えてないんです」

「自分の素性は思い出したんだろ？　随分と都合の良い記憶喪失だな」

「はい。そう思います。望みを叶える世界は都合良く出来てるんですよ」

　そう言ってから、他の人たちにも視線を向ける。

「すでにメイドさんには話したんですけど、俺たちは思い出したくない過去を、望むことでもって、自ら消してしまったのだと思います。後悔や苦しみ、それから、過失。そういった記憶を消してしまった……」

　ちらとコックの顔を見る。それから、さらに話を続ける。

「俺たちは、たぶん秀明さんに、あ、コックさんのほうが良いか、コックさんに、恨まれることをしたんだ。それらも明らかにしない限り、真相を解明したことにはならないでしょう。実際、俺はとっくに犯人が分かっていたのに、ご覧の通り成仏していない」

　全身を見せつけるように両腕を広げる。すると、コックが口を開いた。

「とっくに？　見栄《みえ》を張るのもいい加減にして欲しいね」

「見栄ではないです。二日前、国沢秋夫の姿を見た時に察しました。真相は単純なものです。事件当日の午前十一時、救急隊が突入した際、応接室には二つの遺体があった。一つはソファの遺体、もう一つは床の上の犯人の遺体です。ソファの遺体が、天国一日目、すなわち午前九時、その時間にすでに発見されていたメイドさんで確定すれば、必然的に床の上の犯人の遺体は、天国三日目、すなわち午前十一時、その時間に発見されたコックさんで決まりなんですよ」

「分かっていながらさっきの茶番をしたのか？　いい性格をしてるんだな」

「仕方がなかったんですよ。実は、遺体入れ替えの可能性を完全に否定できなかったんです。メイドさんの性別に関係なく入れ替えトリックは実行可能なんですよね。それで、すみません、煽《あお》りました。ソファで死んでいたかのような嘘の証言をしていたので記憶があると分かっていましたし、成瀬秀明なら、メイドさんを助けるって信じてましたから」

　コックは悔しそうな顔をして横を向き、黙り込んだ。

溜め息をつく。彼は自ら語ってはくれなそうだ。

「では……さあさあさあ、もうしばらく、真相究明の舞台にお付き合いください」

見得を切って自身を奮い立たせ、改めて全員に対しての説明を始める。

「なぜコックさんがメイドさんを助けると思ったか、それは、二人は愛し合っていた可能性が高かったからです。ちなみにメイドさんの生前の名は、国沢春斗。ご存じの通り国沢秋夫の息子です。家政婦以外で屋敷に詳しい人物は、国沢春斗でしかあり得ないです」

メイドのことを見る。彼女は、未だ記憶が戻っていないのか、呆然としている。

「二人はかつて交際していた。そう考えたのは、コックさんがメイドさんに気のある素振りをしていたからというのもありますが、それよりも、ある出来事が切っ掛けでした。実は俺、メイドさんに抱きつかれたことがあるんです。すぐに、これじゃない！ってな具合に突き放されましたけどね。その時は意味がまったく分かりませんでした。でも、自分の顔が借り物だと気付いた時に合点がいきました。メイドさんは、俺のことを、成瀬秀明と勘違いしたんです。もちろん、この程度の根拠では下種《げす》の勘繰りに過ぎません。損得を忘れて彼女を助けるほどに情愛があるだろうと踏んだのには、別の理由があります。この殺人事件は、そもそも、メイドさんのために引き起こされたふしがあるからです……」

　そこまで言った時、ポーチが不思議そうな顔をして手をあげた。

「ね、ねえ、ヒゲオさん、待ってよ。交際って、二人とも男性だろ？」

「うん。そうだね」

「二人はゲイってこと？」

　ヒゲオがその問いに答えようとした時、コックが鋭い口調で話に割り込んできた。

「優《すぐる》さん、あなたは、生前にも僕たちに同じ質問を何度もしてきた。その度に僕は説明をした。また繰り返すんですか？」

「ス、スグル？　スグルって僕のこと？　ごめん。覚えてないんだ……」

　ポーチはあからさまに困惑している。ヒゲオは助け舟を出すことにした。

「ポーチさん、この天国で女性の姿になったってことは、それが望みだったんだよ。要するに、メイドさんはトランスジェンダーだ」

「ああ、女性の格好をしてたのか」

「それも違うんだよね。遺体発見時のことを考えてみなよ……」

　ポーチは唇を尖らした。納得できていないようだ。

「無駄だよ」

　そう言ったのはコックだ。

「優さんは見た目でしか理解ができないんだ。いくら説明をしても最期まで分かってはくれなかった。ちなみに、まあ、ムキになって否定することでもないが、僕はゲイではないよ。恋愛対象は女性だ。ただし、生物学的な性別や、見た目の良し悪《あ》しなんて、どうでもよかった。僕は、彼女の内面に魅《ひ》かれたんだ……」

　コックは思い詰めたような面持ちをし、メイドのことをじっと見つめた。それから、ゆっくりと、こちらへ向き直った。

「昔の僕の姿をした佐々木《ささき》くんことヒゲオさん、君の推理通りだよ。僕と、ハルは、愛し合っていた。ハルと出会ったのは撮影現場だった。ハルは、その時のスポンサーであるあまくに新聞社で営業の仕事をしていて、それで見学に来ていたんだ。運命的な出会いだった。すぐ交際することになった。世間には公《おおやけ》にできなかったけれどね」

　コックの語り口は、全員に説明をするというよりも、メイドに話しかけているようだった。それにもかかわらず人を魅了する。誰もが口を閉じ、聞き入っている。

「ハルは、女性だ。少なくとも僕にとっては、どんな姿をしていようと紛れもなく女性だった。ただしハル自身は、見た目も女性にしたいという望みを持っていた。ところが、育った環境のせいか、彼女は奇異の目を向けられることを酷く恐れ、嫌い、一度もいわゆる女性の格好をしたことはなかった。俳優と交際をしていたら、なおさら望みを叶えにくくなると思った僕は、引退を決意した。どこか遠くの地で、二人きりで、レストランを開こうって約束をしたんだ。特殊な環境で育った僕たち二人にとって、食事を提供するという行為は、暮らし、というものの象徴だったんだ。僕がコックで、ハルが給仕。彼女のいまの服装はね、家政婦のそれではなく、将来着るはずだった店の制服なんだ」

　そこでコックは片手を少し持ち上げた。彼の姿は、いまは、平凡な男性だ。しかし、その動きから目を離せない。彼の片手はポーチのことを示した。

「引退するにあたって、業界内で最も親しくしていた優さんにだけは、すべての事情を伝えた。けれど、優さんはまったく理解をしてくれなかった。交際を否定することはなかったし、力になるとも言ってくれた。でも根本的なことを理解することができなくて、カミングアウトを勧めてきたり、マイノリティの解放運動を提案してきたり、しまいには僕たちの記録映画を撮りたいとも言い始めた」

　コックはポーチを睨《にら》んだ。

「優さん、僕たちは静かに暮らしたかったんだよ。放っておいて欲しかったんだ」

「ご、ごめん。悪気はなかったんだ……」

　その言葉から察するに、ポーチは記憶の大半を取り戻したようだ。彼の顔は青ざめている。居た堪《たま》れなくなり、ヒゲオはコックに話を振った。

「ポーチさんにだけ事情を説明したって、俺には？」

「ヒゲオさん、君はいつも僕と一緒にいたから、事情を説明するまでもなく最初から何もかも知っていたんだ。僕は、君のことを信用していた。ハルとの関係を認めてくれているものだと思っていた。ところが……」

　頭の奥がチリチリと痛む。

「君は、僕に内緒で、手切れ金を持ってハルのもとを訪ねたんだ」

　鮮明な過去の映像が脳裏に蘇る。

「違うんです。いや、違わないけど、俺は、ただ、あなたに役者を引退して欲しくなかっただけなんです。あなたは表舞台でこそ輝ける人だ」

「そんなの余計なお世話なんだよ」

「余計なお世話って……あなたの才能は、世間知らずの夢物語の犠牲にしていいものじゃない。俺が欲しかったものを、あなたは全部持っていたんですよ？　それに、考えてもみてください。あなたは一人で電車に乗ったこともなかった。金の支払いを自分でしたこともほとんどなかった。料理なんてもっての外だった。そりゃ、反対するでしょ」

「でも僕は、なれたじゃないか。料理人になれたじゃないか」

　何も言い返せなかった。確かにコックは、幸運な巡り合わせがあったとはいえ、わずか数日で料理の腕を格段に向上させた。彼は生前、どんな役も演じられる俳優だった。おそらく、調理の知識などがなかっただけで、元々器用な人なのだろう。

　黙り込むヒゲオの姿を認めると、コックは、今度はオジョウのほうを向いた。

「交際に反対していた人は他にもいた。家政婦のオジョウさん、あなたもだ」

オジョウは肩をピクリと引き上げ、怯える表情を浮かべた。

そんな彼女をコックはじっと見つめた。

「ハルには母親がいなかった。その上、父親はあの人だ。そんな家の中で信頼できる人はあなただけだった。だからハルは、僕とのことを、あなたに相談した。それなのに、反対をしましたよね。外出の制限さえしようとした」

「ご、ごめんなさい。私は、ハルくんに幸せになって欲しかったのよ。結婚も出産もしなかった私にとって、ハルくんは実の息子のような存在だった。いずれは可愛《かわい》らしいお嫁さんを貰って、普通の家庭を築いて欲しかったの。ハルくんのためだったのよ」

「ハルはあなたを満足させるための道具ではないんです。あなたは、ハルを、自分の所有物にしようとしていただけだ」

「そんなこと……いえ、その通りだわ。私は、この世界でもメイドさんを自分のものとして扱おうとしていた。それに気付いて反省しているわ……」

オジョウが深くうつむく。すると、ヤクザが勢いよく手をあげた。

「コックさん、すまなかったな。みんなの話を聞いているうちに思い出したよ。俺は、あんたたち二人の関係を詮索《せんさく》していた。特ダネを得るという功名心に捉《とら》われて、つけ回していたよな。静かに暮らしたかったという願いの邪魔をして、申し訳なかった」

深々と頭を下げるヤクザに対し、コックは冷ややかな視線を送った。

「ヤクザさん、あなたはご自身の本当の過失を分かっていない」

「あ？　どういう意味だ？」

　コックは一瞬だけメイドに目を向け、そして話しだした。

「僕とハルとの関係は世間に秘密にしていたが、中でも特に、絶対に知られてはいけない人物がいた。ハルの父親、国沢秋夫です。あの人は保守的な考えの持ち主で、僕たちの交際に反対するのは目に見えていた。その上、少し、特徴的な性格で、目的のためには手段を選ばないところがあった。だから、逃げ出す算段がつくまでバレないよう、細心の注意を払っていたんだ。それなのに、あろうことか、あるジャーナリストが秋夫さんに、僕たちのことについて取材を申し込んでしまった……」

「あ、いや、確かに俺は、国沢秋夫に取材をした。しかし、とっくに二人のことを承知してると思っていたし、実際、あの髭面爺《ひげづらじい》さんは、すでに全部分かっていたぜ」

「そんなはずはないです。あの人は、間違いなく、ヤクザさんに会うまで、僕とハルとの関係に気付いていなかった。たぶん、あなたに話を合わせ、承知している振りをして、情報を引き出したのです。ヤクザさんは、取材をしたのではなく、取材をされたんだ」

　ヤクザは、目を見開き、口元を押さえて小さくえずいた。

　しばし沈黙が漂う。全員、生前の記憶を頭の中で反芻《はんすう》しているのだろう。

　その静けさを払拭《ふっしょく》したのは、ポーチだった。ポーチは首を傾《かし》げてコックに尋ねた。

「秀明さん、教えてよ。これらが、僕たちを殺した理由なの？　メイドさんとの交際を邪魔されたから、復讐《ふくしゅう》のために、みんなを殺したの？」

　コックは緩やかに首を横に振った。

「違います。こんなことの復讐のために殺したりなんかしない。何より、あなたたちに何をされようとも、僕とハルの関係が、揺らぐことなどなかったですからね」

「じゃあ、どうして？」

　コックは口を開きかけたが、すぐうつむいて、黙り込んだ。

　その様子を見て、ヒゲオは彼に提案を持ちかけた。

「俺が説明をしても良いですか？　秋夫くんが、関係してるんですよね？」

　コックは引き続き黙り込んでいる。ただし、代弁をしても問題はなさそうだ。

　ヒゲオは控えめに両手を広げ、説明を始めた。

「昨日ですね、奇妙なものを見つけたんです。庭園の植え込みに、大きな穴があいていたんです。掘ったというより崩れ落ちたような穴でした。三日前、ヤクザさんとオジョウと一緒にその場所を見た時には、そんな穴はなかった。なぜ急に穴が出来上がったのか。その原因は、国沢秋夫の腐った遺体、そう、俺たちが召喚した秋夫くんです。納戸の出現現象には、とある法則がある。敷地内にある物は現在の場所から納戸へと移動するだけ、というものです。要するにですね、秋夫くんは庭に埋まってたんですよ。改めて思い返してみると、あの召喚の儀式が成功したのは、俺の指示出しが上手《うま》かったわけでも、みんなの想像力が逞《たくま》しかったわけでもなかった。最初から、秋夫くんの状態を知っている人がいたと考えるほうが妥当です。では、その知っていた人は誰なのか」

　全員の反応を確認し、それから静かに続きを語る。

「少なくともメイドさんは知っていた。いや、正確には記憶がないので、潜在意識でもって把握していた、と言ったほうが良いですかね。庭に遺体を埋めるなんて屋敷の住人でなければ無理です。そうなるとメイドさんとオジョウが候補に挙がるのですが、埋めた人はカモフラージュのためか、わざわざ市販のバラの苗を掘り返した場所に植えた。でも天国屋敷では普段は市販の苗を植えないそうです。庭園に詳しい生前のオジョウがそんなことをするとは考えにくい。であれば、メイドさんが秋夫くんを埋めた可能性が高い」

　言い終えた時、コックが口を開いた。

「違うよ。秋夫さんの遺体を埋めたのは僕だよ」

「ああ、そっちの線でしたか……じゃあ、国沢秋夫を殺したのもコックさんですか？　秋夫くんは明らかに頭を殴られて死んでいましたけど」

　尋ねると、コックはまた口を閉ざした。

　その時、か細い声が聞こえてきた。

「国沢秋夫を殺したのは、私です」

メイドの発言だ。彼女は、まだ床に座り込んだままだが、もう震えていなかった。記憶が戻ったに違いない。

「やっぱりメイドさんが殺したんですね。こっちは予想通りだった」

メイドは視線を落とし、とつとつと語り始めた。

「父は、私と秀明さんの関係を知ると、思った通り反対をしてきました。お前は男なのだと、繰り返し怒鳴ってきたのです。私はどうにか説得をしようとした。でも父は聞く耳を持ってはくれなかった。あの人は、必ず別れさせる、と宣言をしました。業界の権威という立場を用いれば、それも可能だったでしょう。明らかに脅しではなかった。その上、秀明さんとの愛を偽りと断じて、口汚く罵《ののし》ってきたのです……」

彼女は顔をあげた。その目は濡《ぬ》れている。

「気が付くと、父は死んでいました。口論の末、私は花瓶で殴ってしまったのです」

メイドは話を終えると、顔を隠すように下を向いた。

重苦しい空気が、ホール内に満ちる。

これで事件の全貌《ぜんぼう》はほぼ明らかになったはずだ。ヒゲオは全員の顔を見渡した。

「さっき俺は、この事件はメイドさんのために引き起こされたふしがある、って言いましたよね。これが答えです。国沢秋夫の殺害が切っ掛けとなって俺たちは殺された」

目を細め、続きを述べる。

「ここからは記憶がないので、あくまで俺の推測ですが、ポーチさん、オジョウ、ヤクザさん、俺ヒゲオの四人は、なんらかの切っ掛けで、メイドさんが国沢秋夫を殺したということに気が付いた。そして、それをネタに、彼女を責めたり、脅したり、とにかく苦しめた。結果、コックさんの恨みを買い、殺されてしまった。その後、メイドさんとコックさんは罪の意識に苛《さいな》まれて心中を図ったって感じですかね……異論は、ありますか？」

問いかけると、突然、コックが声を出して笑い始めた。

「違う。まったく違うよ。その推理は大外れだ」

コックはひとしきり笑うと、疲れ切った顔をして、首を何度か横に振った。

「君たちは秋夫さんが死んだことに気付いていなかった。当然そのことでハルを責めることなどできるはずもない。僕とハルはね、君たちを恨んではいなかったんだよ。それからね、ハルは、連続殺人のこと自体を知らない。最初に死んだから……」

コックが真っ直ぐに立つ。

彼は、天の使いであるかのように、厳かな気配を漂わせた。

「僕とハルは、国沢秋夫の遺体を埋めた後にね、二人で死のうって決めたんだ。秋夫さんは旅行に出かけた、という嘘でもって、周りを誤魔化してはいたけれど、時間の問題で殺害が露呈するのは明らかだった。だから、死ぬことにしたんだ。ただね、ハルが、死ぬ前に叶えたい望みがあるって言った。ハルは、祝福が欲しい、と言ったんだ。幼い頃から性自認を隠してきたハルは、最期くらいは認めて欲しいと願ったんだ。それで小さな披露宴を開くことにした。ゲストは、すでに僕たちの関係を知っている人たちだけにした。いざこざはあったものの、君たちは快く参加を了承してくれたよ……」

　ぼんやりと、拍手の音が思い出される。

「パーティーが終わった時にはね、すでに大雨によって君たちは帰れなくなっていた。君たちは屋敷に宿泊することになった。それでも、僕とハルは、当初の予定通り死ぬことにした。そして応接室で二人、睡眠薬を大量に飲んだんだ」

　ヒゲオはそこで、憐れむように呟いた。

「睡眠薬を致死量まで飲むなんて、ほぼ不可能ですよ」

　コックは、自嘲《じちょう》気味に鼻で笑った。

「そうみたいだね。死ねなかった。僕は深夜に目を覚ましたんだ。少し胸焼けがする程度で普通に動くことさえできた。それに対してハルは、ソファの上で、眠りながら苦しそうにしていた。しかも泣いていたんだ。僕は、すぐにでも楽にしてあげなければと思って、急いで殺せる道具を探しに出た。まず納戸に向かったけれど目ぼしいものは見つからなかった。その代わり他の部屋を探すための鍵《かぎ》が手に入った。次に向かったのは厨房だった。そこでクレーバーナイフを見つけた。僕はその刃物を手に応接室へ走って戻った。そうして……」

　コックが全員の顔を順に見つめる。成瀬秀明が刃物を振り下ろす姿が目に浮かぶ。もちろん、その瞬間を実際には目撃していない。それにもかかわらず、浮かんだ映像は鮮明だった。ヒゲオは、恐ろしくなり、コックから目を逸らした。

「ハルの亡骸《なきがら》の前で僕は泣いた。幸せにできなかった不甲斐《ふがい》ない自分を恨んだよ。ハルのために出来ることはなかったのかと、自問もした。自問を繰り返した。そして、一つの考えに辿《たど》り着いたんだ。ハルは祝福されることを望んでいた。ならば、旅立った先にもゲストがいなければならないってね。それで……」

　短く息を吸う音が聞こえる。

「君たちには、僕たちに祝福を捧《ささ》げる天使になって貰ったんだ」

　しばらく意味を理解できなかった。それほどに予想だにしない動機だった。

　誰もが呆然とした。誰もが言葉を失った。

　そんな中、ヒゲオはどうにか掠《かす》れた声を振り絞った。

「俺たちは生《い》け贄《にえ》だったんですか……」

　即座にコックが応じる。

「違う。お客様だよ」

「同じことですよ。あなたの祝福の儀式の犠牲になったんですよね？」

「他に選択肢がなかったんだ……」

「いや、殺さない選択肢があるじゃないですか」

「ないんだよ！　そんなものはどこにもなかったんだよ！」

　コックは泣きだしそうな顔をしていた。彼は息を乱しながらも言葉を継いだ。

「僕と交際したことでハルは苦しめられてばかりだった。僕はハルに何もしてあげられなかった。だから死ぬまでに何かをしたかったんだ。なんでもいいから、ハルのために、何かをしてみたかったんだよ」

　幼稚な言い分だ。しかし、反論の言葉は浮かばなかった。責められるはずがない。ヒゲオにしても自身の望みのためにメイドを苦しめたのだ。しかもその愚行によって、直接的な事件の原因ではないにしろ、コックを追い詰めてしまった。

　ヒゲオは目を閉じて深呼吸をし、それから全員に対して告げた。

「さあ、これにて真相究明の舞台は閉幕です」

　成仏までにどれほどの猶予《ゆうよ》があるのか知らないが、それまで、穏やかに過ごそう。

　そう思った時、再びコックが口を開いた。

「いいや、まだだ。まだ終わっていない。君たちは使命を果たしていないじゃないか」

「え？　どういう意味ですか？」

コックはしなやかな足取りでメイドに向かって歩き始めた。

「望みを叶えれば天国から解放される。でも、初めから事件の真相を知っていた僕は、未だ成仏していないだろう。未練を消せるほどの望みはまだ叶っていない」

「あ……コックになることだけが望みじゃないのか……」

コックは返事をせず、ただ微笑《ほほえ》んだ。それからメイドに向かって手を伸ばした。

「ほら、ハル、おいで……」

メイドはその手を取り、立ち上がった。囁《ささや》く声が聞こえる。

「秀明さん、ごめんなさい。こんなに近くにいたのに気が付かなかった……」

「大丈夫だよ。いずれは心と心で魅かれ合ったさ。もう僕の気持ちが見えるだろ？」

コックがこちらに向き直る。そして声を張った。

「さあ、天使たちよ。拍手の時間だ！　僕たちに祝福を捧げてくれ」

続けて、声を低めてヒゲオに向かって言う。

「僕の一番の望みはね。添い遂げることなんだよ……」

嫌な予感がし、ヒゲオは咄嗟《とっさ》に駆け寄ろうとした。しかし、それよりも早くコックとメイドが抱き合った。瞬間、二人の喉元《のどもと》が深く裂け、首が後ろへと傾いた。

露出した傷口から大量の血液が噴き出す。それは、シャワーのように宙へ舞い、天窓からの光を受けてキラキラと輝いた。

四人の目の前で、抱き合う二つは崩れるように倒れる。最後、ボルドー色の絨毯《じゅうたん》の上に残されたのは、お揃いの白いタキシードを着た、男性二人の遺体だった。

オジョウが歩み寄り、泣きながら遺体の前で両腕を広げる。

「見ないであげて。メイドさんは、この姿を見られたくなかったはずだから」

ヤクザが食堂からテーブルクロスを持ってきて遺体にかける。

ポーチが、遠巻きにその様子を見ながら、独り言を零《こぼ》す。

「どうしてもっと仲良くしようとしなかったんだよ。みんな、もうとっくに死んでるのに……」

誰もが悟っていた。コックとメイドは、もう二度と目を覚ますことはないと。

ヒゲオは口を固く結び、床の上の男女に向かって、長い黙礼をした。

十、終わる海に

コックとメイドの遺体は二階の大きな居室へと運んだ。コックが客室として使用していた部屋だ。おそらくこの部屋は、生前に国沢春斗が使用していた場所だろう。その部屋のベッドの上に、抱き合ったままの二人を寝かせたのだった。

その後、二人の部屋には立ち入らないこと、という決まりが設けられた。

そして六日後。

「これさ、ポーチさんの動き、無駄に早いよね」

「みんなが遅過ぎるんだよ」

四人は、昼食を食べながらビーチバレーの映像を見ていた。

「ほら、ジャンジャン食べなさいよ。少年たち」

オジョウが追加の大皿をテーブルに置いて席に着く。

ヤクザが言う。

「さすがに、もうマグロは食い飽きたな」

「まだまだ残ってるわよ。それから、ヤクザさんのビールもね」

すでに互いの素性を知っている。当然ながら本名も。しかし、話し合いで決めたわけではないが、全員、未《いま》だあだ名で呼び合っていた。

食堂内の雰囲気は、真相が解明される以前のままだ。

料理を頬張りながら思う。

「やっぱり食材を食べ切るまで成仏《じょうぶつ》できないって仮説は、無理がありません？」

そう言うと、ヤクザが眉間《みけん》に皺《しわ》を寄せた。

「お前が言ったんじゃねえかよ」

「でも、大変過ぎますよ。望みを叶《かな》えるどころか苦行じゃないですか」

「じゃあ、あれか、ポーチさんが映画を完成させるのが条件か」

「僕にはもう未練はないよ。満足してるって何度も言ってるだろ」

間もなく一週間が経《た》とうとしているのに、天国から解放される気配がなかった。

様々な仮説について意見を交わし合う。

すると最後に、ヤクザが言った。

「意外と成仏しねえのかもな。なんだかんだ楽しんでるからな」

思わず納得しかける。

その時、神妙な面持ちをして、オジョウが口を開いた。

「成仏するわよ。必ず、もうすぐね……」

ヤクザが噛《か》みつく。

「何を根拠にそんなこと言うんだ？　あれか？　オジョウは楽しんでねえのか？」

「楽しんでるわよ。根拠は……」

彼女は少しばかり言い淀《よど》んだが、すぐに言葉を続けた。

「私ね、みんなには黙ってたけど、メイドさんとコックさんに、毎日、花を手向けに行っていたの。実は、もう二人の遺体は消えているわ。メイドさんは真相解明の翌朝に、コックさんはその二日後に、それぞれ、消えたの」

「まさか、死に続けることが成仏の条件じゃねえだろうな」

その意見を聞いて、ヒゲオは口を挟んだ。

「ヤクザさん、違います。天国に来た順番ですよ」

「あ？　なんでそんな法則なんだよ」

オジョウが静かに言う。

「私たちが望んだからじゃないかしら。消えるまでのカウントが欲しかったのよ。それからね、もう、予感がしてる。これは天啓ね。私、必ず消えるわ」

ヤクザが腕を組んで考え込む。日にちを数えているようだ。

「オジョウ、お前が消えるのは明日の朝じゃねえか……」

「そうね……」

「どうしてもっと早く教えてくれなかったんだよ！」

「なにも言わないで消えるつもりだったのよ。これから消えるって話になれば、きっと私は、あれもこれも伝えたくなってしまう。それこそ、私の醜い部分も」

「今更、隠し事かよ……」

オジョウは覚悟を決めたように深く息を吸った。

「私ね、家政婦というより、国沢秋夫の妾《めかけ》だったの。若い頃に国沢に出会い、最初は好きだったわ。いつかは結婚して幸せになれると思った。でも……ヤクザさんの憧《あこが》れを汚《けが》すようで申し訳ないんだけど、国沢は記者の能力だけで出世したわけではないのよ。彼は政略結婚で財産を築いた。その後も私を飼い続けたんだから大したものよね。そんな私にとって息子のようなハルくんは宝物だった。だから、私がかつて思い描いた普通の家庭という理想を、押し付けてしまった。私は醜い女だわ……」

話を聞き終えると、ヤクザが柔らかな表情を浮かべた。

「いいや、そんなことねえよ。自分の非を認めて、自分を殺した人間に花を手向けるなんて、そうそう出来ることじゃねえ。オジョウは、いい女だよ」

「ヤクザさんは、いい男ね」

そこでヒゲオは提案を口にした。

「じゃあ、乾杯しましょうか」

オジョウが不思議そうに首を傾《かし》げる。

「どうしてかしら？」

「オジョウの望みはいい男に出会うことだったろ？　望みが叶ったんだ」

ポーチが大きく手を叩《たた》く。

「さーて、そういうことなら、さっそく乾杯しよう。せーのっ」

グラスとグラスが交わり、祝福の音が鳴る。

内側に付いたビールの気泡が、浮かんで、消えた。

翌日、予告通りオジョウはいなくなった。ヤクザが一人で見送ったのだった。

オジョウの姿は、ベッドの中で、光の粒になって消えたそうだ。

「ねえ、なんでヤクザさんはベッドで見送ったの？」

「ポーチさん、そういうの良くないよ……」

「え？　どういうこと？」

「野暮なことは聞くなってこと」

ポーチとそんなやり取りをしていると、ヤクザが微笑《ほほえ》んだ。

「そうだな。野暮な詮索《せんさく》はしねえほうが良い。俺も、生前、あんなマヌケなことをしなければ……結局よ、俺が悪かったんだよな。俺が髭面爺《ひげづらじい》さんに情報を流しちまったから、あんな事件が発生しちまったんだ。全部、俺のせいなんだ」

ヒゲオは呆《あき》れたように溜《た》め息《いき》をついた。

「ヤクザさん、そういうこと言うのはやめましょうって話をしたじゃないですか。全員に多かれ少なかれ責任はありましたよ」

ヤクザが、細かく頷《うなず》く。

「……悪かった。もう言わねえよ。ところでよ、次に消えるのは俺だな」

「そうだね。お別れ会をしよう」

そう言ったポーチに対し、ヤクザは渋い顔をした。

「それなんだが、見送りはしねえで欲しいんだ」

「どうしてですか？」

尋ねると、ヤクザは考える素振りをし、恥ずかしそうに述べた。

「実は、ちょっと怖《こえ》えんだよ。だから、眠っているうちに消えてえんだ……」

「あ、はい、ヤクザさんらしいですね」

「ヒゲオ、お前のうるせえ目覚ましは止めておけよ」

その二日後、ヤクザはいなくなっていた。

食堂に置いてあった彼の手帳には、毎時新聞を分析する細かなメモが大量に記されていた。ただし最後のページは事件とは無関係の内容だった。

ヤクザからの、別れの言葉が大きな文字で書かれていたのだ。

「あばよ。返り咲いた天使たち」と。

翌朝、ヒゲオとポーチは海辺に向かった。

もうすぐポーチが消える。彼の希望で、海辺で見送ることになったのだった。

ポーチは、三脚にビデオカメラをセットし終えると、ヒゲオの隣に座った。白砂の上で二人並んで波を眺める。

「ポーチさん、まだ撮影するの？」

「うん。人間が光の粒になるところなんて、あんまり撮影できないからね」

「あ、うん、そうだね……でも、撮影してもポーチさんは見ることできないでしょ」

「それは残念だ」

「なんでそんなに他人事《ひとごと》みたいな軽い調子なの？」

尋ねた時、突然、ポーチが叫んだ。

「来た！　来た来た来た来た！」

「急に大声出さないでよ。なに？　どうしたの？」

「天啓だよ。僕、そろそろ、消える」

「え？　消える予感って、そんな感じで訪れるの？」

呆れ気味にそう言うと、ポーチは寂しげな顔をした。

「……ポーチさん？　そんな顔しないでよ。未練でもある？」

「ないよ。全部に満足してる」

「本当に？　今更なんだけどさ、本当に映画を完成させないでも良かったの？」

「うん。最初から、想《おも》い描くラストシーンは撮影しようがなかったしね」

「ドキュメンタリーなのに、ラストシーンの構想があったんだ？」

ポーチは水平線をぼんやりと見つめた。

「あったよ。ちなみに、タイトルも考えてた」

「へえ、どんなタイトル？」

ポーチは恥ずかしそうに一瞬だけうつむき、それから、ヒゲオの目を見て口を開いた。

「『クローズドサスペンスヘブン』」

その言葉をよく嚙み砕いて、飲み込む。そして微笑む。

「……うん。悪くないね」

ポーチは嬉《うれ》しそうに目を輝かせて満面の笑みを浮かべた。

「それでね。その映画のラストシーンは、こんな感じなんだ……」

＋　＋　＋

革靴が砂利を踏む。石と石が擦《こす》れ合う小さな音が鳴る。

松林の中にあるトンネルのような道は、海へと延びている。見つめる先が徐々に明るくなる。まもなく浜辺だ。波の音も聞こえてきた。

やがて、その革靴が白い砂を踏んだ時、まだ低い陽《ひ》射《ざ》しが顔を照らした。思わず目を逸《そ》らす。それから、ゆっくりと向き直る。視界に広がる眩《まばゆ》い景色を見て、感慨が込み上げた。

この島には六人の男女がいた。この海では六人の男女が遊んでいた。

しかし、いまは、もうたった一人だ。

始まりの海を見つめる。揺れる水面がギラギラと光っている。その向こう側にある水平線も、なぜか、輝いていた。その輝きは次第に歪《ゆが》み、粒となって舞いだした。

どうやら最後の住人が消える時、この世界も消えるようだ。

遠くの空がモザイク状に刻まれて崩れ始めた。崩れる空と舞い上がる光の海は混ざり合い、色のない色の壁、あるいは見知らぬどこかとの境界に変化する。徐々にその境界が近付いてくる。すべてが消えていく。

そして、境界がこの身を飲み込んだ時、まどろみから浮かび上がる感覚がした。

本書は「第9回新潮ミステリー大賞」最終候補作を改稿・改題したものである。

母性
湊かなえ著

中庭で倒れていた娘。母は嘆く。「愛能う限り、大切に育ててきたのに」――これは事故か、自殺か。圧倒的に新しい〝母と娘〟の物語《ミステリー》。

豆の上で眠る
湊かなえ著

幼い頃に失踪した姉が「別人」になって帰ってきた――妹だけが追い続ける違和感の正体とは。足元から頽《くずお》れる衝撃の姉妹ミステリー！

絶唱
湊かなえ著

誰にも言えない秘密を抱え、四人が辿り着いた南洋の島。ここからまた、物語は動き始める――。喪失と再生を描く号泣ミステリー！

向日葵の咲かない夏
道尾秀介著

終業式の日に自殺したはずのS君の声が聞こえる。「僕は殺されたんだ」。夏の冒険の結末は。最注目の新鋭作家が描く、新たな神話。

片眼の猿
―One-eyed monkeys―
道尾秀介著

盗聴専門の私立探偵。俺の職業だ。今回の仕事は産業スパイを突き止めること、だったはずだが……。道尾マジックから目が離せない！

龍神の雨
道尾秀介著

血のつながらない父を憎む蓮。実母を殺したのは自分だと秘かに苦しむ圭介。降りやまぬ雨、ひとつの死が幾重にも波紋を広げてゆく。

道尾秀介著

ノエル
—a story of stories—

暴力に苦しむ圭介は、級友の弥生と絵本作りを始める。切実に紡ぐ〈物語〉は現実を、世界を変え——。極上の技が輝く長編ミステリー。

道尾秀介著

貘《ばく》の檻《おり》

離婚した辰男は息子との面会の帰り、32年前に死んだと思っていた女の姿を見かける——。昏い迷宮を彷徨う最驚の長編ミステリー！

結城真一郎著

名もなき星の哀歌
新潮ミステリー大賞受賞

記憶を取引する店で働く青年二人が、謎の歌姫と出会った。謎が謎をよぶ予測不能の展開の果てに美しくも残酷な真相が浮かび上がる。

結城真一郎著

プロジェクト・インソムニア

極秘人体実験の被験者たちが次々と殺される。悪夢と化した理想郷、驚愕の殺人鬼の正体は。最注目の新鋭作家による傑作長編ミステリ。

一條次郎著

レプリカたちの夜
新潮ミステリー大賞受賞

動物レプリカ工場に勤める往本は深夜、シロクマと遭遇した。混沌と不条理の息づく世界を卓越したユーモアと圧倒的筆力で描く傑作。

一條次郎著

動物たちのまーまー

混沌と不条理の中に、世界の裏側への扉が開く。『レプリカたちの夜』で大ブレイクした唯一無二の異才による、七つの奇妙な物語。

一條次郎著

ざんねんなスパイ

私は73歳の新人スパイ、コードネーム・ルーキー。市長を暗殺するはずが、友達になってしまった。鬼才によるユーモア・スパイ小説。

彩藤アザミ著

エナメル
―その謎は彼女の暇つぶし―

美少女で高飛車で天才探偵で寝たきりのメルとその助手兼彼氏のエナ。気まぐれで謎を解く二人の青春全否定・暗黒恋愛ミステリ。

瀬尾まいこ著

天国はまだ遠く

死ぬつもりで旅立った23歳のＯＬ千鶴は、山奥の民宿で心身ともに癒されていく……。いま注目の新鋭が贈る、心洗われる清爽な物語。

星新一著

悪魔のいる天国

ふとした気まぐれで人間を残酷な運命に突きおとす〝悪魔〟の存在を、卓抜なアイディアと透明な文体で描き出すショート・ショート集。

星新一著

天国からの道

単行本未収録作品を集めた没後の作品集を再編集。デビュー前の処女作「狐のためいき」、１００１編到達後の「担当員」など21編を収録。

三浦しをん著

天国旅行

すべてを捨てて行き着く果てに、救いはあるのだろうか。生と死の狭間から浮き上がる愛と人生の真実。心に光が差し込む傑作短編集。

浅原ナオト著
今夜、もし僕が死ななければ
「死」が見える力を持った青年には、大切な誰かに訪れる未来も見えてしまう――。愛する人への想いに涙が止まらない、運命《いのち》の物語。

阿部和重
伊坂幸太郎著
キャプテンサンダーボルト 新装版
新型ウイルス「村上病」と戦時中に墜落したB29。二つの謎が交差するとき、怒濤の物語の幕が上がる！ 書下ろし短編収録の新装版。

伊与原 新著
青ノ果テ
―花巻農芸高校地学部の夏―
僕たちは本当のことなんて1ミリも知らなかった――。東京から来た謎の転校生との自転車旅。東北の風景に青春を描くロードノベル。

乾 くるみ著
物件探偵
格安、駅近など好条件でも実は危険が。事故物件のチェックでは見抜けない「謎」を不動産のプロが解明する物件ミステリー6話収録。

榎田ユウリ著
ここで死神から残念なお知らせです。
「あなた、もう死んでるんですけど」――自分の死に気づかない人間を、問答無用にあの世へと送る、前代未聞、死神お仕事小説！

王城夕紀著
青の数学
雪の日に出会った少女は、数学オリンピックを制した天才だった。数学に高校生活を賭す少年少女たちを描く、熱く切ない青春長編。

梶尾真治著

おもいでマシン
―1話3分の超短編集―

クスッと笑える。思わずゾッとする。しみじみ泣ける――。3分で読める短いお話に喜怒哀楽が詰まった、玉手箱のような物語集。

片岡　翔著

ひとでちゃんに殺される

怪死事件の相次ぐ呪われた教室に謎の転校生「縦島ひとで」がやって来た。悪魔のように美しい彼女の正体は!?　学園サスペンスホラー。

越谷オサム著

次の電車が来るまえに

故郷へ向かう新幹線。乗り合わせた人々から想起される父の記憶――。鉄道を背景にして心のつながりを描く人生のスケッチ、全5話。

河野　裕著

いなくなれ、群青

11月19日午前6時42分、僕は彼女に再会した。あるはずのない出会いが平坦な高校生活を一変させる。心を穿つ新時代の青春ミステリ。

河野　裕著

さよならの言い方なんて知らない。

あなたは架見崎の住民になる権利を得ました。一通の奇妙な手紙から始まる、死と隣り合わせの青春劇。「架見崎」シリーズ、開幕。

紺野天龍著

幽世《かくりよ》の薬剤師

薬剤師・空洞淵《うろぶち》霧瑚《きりこ》はある日、「幽世」に迷いこむ。そこでは謎の病が蔓延しており……。現役薬剤師が描く異世界×医療ミステリー！

西條奈加著

金春屋ゴメス

日本ファンタジーノベル大賞受賞

近未来の日本に「江戸国」が出現。入国した辰次郎は「金春屋ゴメス」こと長崎奉行馬込播磨守に命じられて、謎の流行病の正体に迫る。

佐野徹夜著

さよなら世界の終わり

僕は死にかけると未来を見ることができる。生きづらさを抱えるすべての人へ。『君は月夜に光り輝く』著者による燦めく青春の物語。

清水朔著

奇譚蒐集録

―弔い少女の鎮魂歌―

死者の四肢の骨を抜く奇怪な葬送儀礼。少女たちに現れる呪いの痣《あざ》の正体とは。沖縄の離島に秘められた謎を読み解く民俗学ミステリ。

白河三兎著

冬の朝、そっと担任を突き落とす

校舎の窓から飛び降り自殺した担任教師。追い詰めたのは、このクラスの誰？　痛みを乗り越え成長する高校生たちの罪と贖罪の物語。

竹宮ゆゆこ著

砕け散るところを見せてあげる

高校三年生の冬、俺は蔵本玻璃に出会った。恋愛。殺人。そして、あの日……。小説の新たな煌めきを示す、記念碑的傑作。

武田綾乃著

君と漕ぐ

―ながとろ高校カヌー部―

初心者の舞奈、体格と実力を備えた恵梨香、上位を目指す希衣、掛け持ちの千帆。カヌー部女子の奮闘を爽やかに描く青春部活小説。

谷　瑞恵著

額装師の祈り　奥野夏樹のデザインノート

婚約者を喪った額装師・奥野夏樹。彼女の元へ集う風変わりな依頼品に込められた秘密とは何か。傷ついた心に寄り添う五編の連作集。

知念実希人著

天久鷹央の推理カルテ

お前の病気《ナゾ》、私が診断してやろう――。河童、人魂、処女受胎。そんな事件に隠された〝病〟とは？　新感覚メディカル・ミステリー。

月原　渉著

九龍城の殺人

「男子禁制」の魔窟で起きた禍々しき密室連続殺人――。全身刺青の女が君臨する妖しい城で、不可解な死体が発見される――。

七月隆文著

ケーキ王子の名推理《スペシャリテ》

ドSのパティシエ男子&ケーキ大好き失恋女子が、他人の恋やトラブルもお菓子の知識で鮮やか解決！　胸きゅん青春スペシャリテ。

早坂　吝著

探偵ＡＩのリアル・ディープラーニング

天才研究者が密室で怪死した。「探偵」と「犯人」、対をなすＡＩ少女を遺して。現代のホームズVS.モリアーティ、本格推理バトル勃発!!

堀内公太郎著

スクールカースト殺人教室

女王の下僕だった教師の死。保健室に届く密告の手紙。クラスの最底辺から悪魔誕生。もう誰も信じられない学園バトルロワイヤル！

町田そのこ著

コンビニ兄弟
—テンダネス門司港こがね村店—

魔性のフェロモンを持つ名物コンビニ店長（と兄）の元には、今日も悩みを抱えた人たちがやってくる。心温まるお仕事小説登場。

宮部みゆき著

小暮写眞館
（I～IV）

築三十三年の古びた写真館に住むことになった高校生、花菱英一。写真に秘められた物語を解き明かす、心温まる現代ミステリー。

岡本綺堂著
宮部みゆき編

半七捕物帳
—江戸探偵怪異譚—

捕物帳の嚆矢にして、和製探偵小説の幕開け。全六十九編から宮部みゆきが選んだ傑作集。江戸のシャアロック・ホームズ、ここにあり。

三川みり著

龍ノ国幻想1
神欺く皇子

皇位を目指す皇子は、実は女！　一方、その身を偽り生き抜く者たち——命懸けの「嘘」で建国に挑む、男女逆転宮廷ファンタジー。

森　晶麿著

チーズ屋マージュのとろける推理

東京、神楽坂のチーズ料理専門店。お客の悩みを最高の一皿で解決します。イケメンシェフとワケアリ店員の極上のグルメミステリ。

吉川トリコ著

マリー・アントワネットの日記
（Rose/Bleu）

男ウケ？　モテ？　何それ美味しいの？　時代も国も身分も違う彼女に、共感が止まらない！　世界中から嫌われた王妃の真実の声。

吉上亮著
原作 Mika Pikazo /ARCH

RE:BEL ROBOTICA 0
—レベルロボチカ 0—

この想いは、バグじゃない――。2050年、現実《リアル》と仮想《バーチャル》が融合した超越現実《MR》社会。バグ少年とAI少女が〝空飛ぶ幽霊〟の謎を解く。

三雲岳斗著
原作 Mika Pikazo /ARCH

RE:BEL ROBOTICA
—レベルロボチカ—

2050年、超越現実《MR》都市・渋谷を、バグを抱えた高校生タイキと超高度AIリリィの凸凹タッグが駆け回る。近未来青春バトル始動。

江戸川乱歩著

怪人二十面相
—私立探偵 明智小五郎—

時を同じくして生まれた二人の天才、稀代の探偵・明智小五郎と大怪盗「怪人二十面相」。劇的トリックの空中戦、ここに始まる！

恩田陸・芦沢央
海猫沢めろん・織守きょうや
さやか・小林泰三
澤村伊智・前川知大
北村薫著

だから見るなといったのに
—九つの奇妙な物語—

背筋も凍る怪談から、不思議と魅惑に満ちた奇譚まで。恩田陸、北村薫ら実力派作家九人が競作する、恐怖と戦慄のアンソロジー。

恩田陸・阿部智里
宇佐美まこと・彩藤アザミ
澤村伊智・清水朔
あさのあつこ・長江俊和著

あなたの後ろにいるだれか
—眠れぬ夜の八つの物語—

恩田陸の学園ホラー、阿部智里の奇妙な怪談、澤村伊智の不気味な都市伝説……人気作家が競作、多彩な恐怖を体感できるアンソロジー。

千早茜・遠藤彩見
田中兆子・神田茜
深沢潮・柚木麻子著
町田そのこ

あなたとなら食べてもいい
—食のある7つの風景—

秘密を抱えた二人の食卓。孤独な者同士が集う居酒屋。駄菓子が教える初恋の味。7人の作家達の競作に舌鼓を打つ絶品アンソロジー。

デザイン　川谷康久（川谷デザイン）

クローズドサスペンスヘブン

新潮文庫　こ－77－1

令和五年四月一日発行
令和五年五月二十五日三刷

著者　五《ご》条《じょう》紀《のり》夫《お》

発行者　佐藤隆信

発行所　株式会社新潮社

郵便番号　一六二―八七一一
東京都新宿区矢来町七一
電話　編集部(〇三)三二六六―五四四〇
　　　読者係(〇三)三二六六―五一一一
https://www.shinchosha.co.jp

価格はカバーに表示してあります。

乱丁・落丁本は、ご面倒ですが小社読者係宛ご送付ください。送料小社負担にてお取替えいたします。

印刷・錦明印刷株式会社　製本・錦明印刷株式会社

ISBN978-4-10-180261-9　C0193